La désobeissance.

Un coquin, un lâche est celui qui opprime
l'innocence et non celui qui la défend.

LA

FILLE ABANDONNÉE,

OU

L'HEUREUSE DÉSOBÉISSANCE.

IMPRIMERIE DE D'HAUTEL.

LA
FILLE ABANDONNÉE,

OU

L'HEUREUSE DÉSOBÉISSANCE.

ROMAN TRADUIT DE L'ANGLAIS,

PAR Mme. DE M***.

FIGURE.

TOME PREMIER.

A PARIS,

CHEZ ARTHUS BERTRAND, LIBRAIRE,
RUE HAUTEFEUILLE, Nº. 23.

1822.

LA
FILLE ABANDONNÉE.

CHAPITRE PREMIER.

DANS une vallée, abritée au nord et à l'ouest par quelques - unes des montagnes les plus élevées et les plus stériles du comté de Merioneth, est situé le village de Lamamon. Une colline d'un aspect moins effrayant le protège contre les vents de l'est. Découvert au sud, les rayons du soleil donnent à ses pâturages une riche fertilité, que l'on trouve rarement dans un sol montagneux. Les sources qui se précipitent des hauteurs forment un large ruisseau , qui, dans toutes les parties de la vallée, répand une eau limpide et entretient une verdure perpétuelle.

Le village est composé d'une douzaine de chaumières , de la maison du respectable pasteur, qu'on distingue par les fenêtres à chassis dont elle est ornée, et d'un vieux bâtiment destiné au culte , peu différent d'une grange , et qu'il serait difficile de reconnaître , s'il n'était surmonté d'une espèce de clocher.

Cependant , depuis quelques années , l'une de ces chaumières attirait les regards du peu de voyageurs qui traversaient la vallée de Lamamon. Jamais on ne vit manquer une paille à son humble toit.

Le devant de la porte était proprement sablé, et le petit chemin pavé, qui, entre deux rangs de fleurs , conduisait au dehors, était toujours soigneusement balayé. Autour d'un porche de bois qui protégeait l'entrée de la chaumière contre la pluie et les vents , étaient entrelacés le chèvrefeuille et la rose. Une haie d'ifs, fermée par une barrière, défendait la cour et le jardin du dégât qu'auraient pu y faire les animaux domestiques.

Tout semblait indiquer que les habitans de ce lieu, si proprement tenu, occupaient le premier rang parmi les villageois de Lamamon. Les apparences n'étaient pas trompeuses : les propriétaires de cette maison avaient connu l'abondance de la ville et l'élégance de la cour. Richard avait été, comme il le disait souvent avec orgueil, d'abord palefrenier, ensuite laquais, et enfin sommelier dans une maison de la première distinction.

Éléonore était parvenue des places subalternes de servante et de femme-de-chambre au poste élevé de femme de charge et de confiance.

Malgré les dangers auxquels leur intégrité et la pureté de leurs mœurs avaient été exposées, il était impossible de trouver, dans aucune classe, deux âmes plus

* 1

simples et plus véritablement vertueuses.

Le hasard les avait placé dans la même maison ; et , si les yeux noirs et brillans d'Éléonore avaient instruit Richard dans l'art d'aimer , la tournure de Richard et son air de franchise avaient aussi appris à Éléonore qu'elle avait un cœur. Mais Richard n'était qu'un palefrenier et Éléonore qu'une simple servante : il leur fallait amasser quelque argent et attendre des jours plus heureux.

Ce temps était arrivé , lorsqu'Éléonore fut obligée de quitter le service de Lady L....., non pour s'unir à Richard , mais pour prendre soin de sa mère presque mourante. « Nous avons attendu de longues années pour notre compte , dit-elle : il nous faut maintenant attendre quelques mois pour ma pauvre mère. »

Richard ne s'opposa pas à cette résolution : lui aussi avait une mère, et il sentait tout ce qui était dû à ce titre.

Pendant qu'Éléonore remplissait ce devoir sacré, Lady Caroline Hastings, la plus jeune fille de Lady L...., vint la trouver. Souvent Éléonore l'avait conso- lée dans ses chagrins et l'avait préservée des châtimens d'une gouvernante sévère. Lady Caroline venait maintenant déposer dans le sein compatissant de cette ancienne amie des émotions plus tendres et de plus sensibles douleurs.

Lady Caroline avait à peine dix-sept ans ; mais on ne se croit jamais trop jeune pour trouver beaucoup plus agréable d'écouter les flatteries d'un amant que les réprimandes des parens. Elle avait fait cette découverte avec un jeune et bel officier, de peu d'années plus âgé qu'elle. Miss Hastings venait prier sa bonne Éléo- nore de l'aider de ses conseils, l'assurant qu'elle se tuerait, si elle ne voulait pas favoriser son amour.

Éléonore voyait bien dans la situation de Lady Caroline un grand besoin de conseils, mais nulle raison de se donner

la mort. Lady Caroline protesta cependant
qu'il n'y avait pour elle d'autre alternative
que la mort ou le mariage. Elle ne pouvait aimer que M. Seabright, et il ne pouvait aimer qu'elle. Mais M. Seabright ne
possédait rien au monde que son brevet
d'officier. Elle ajouta que lord et lady
L..... voulaient l'enfermer dans un cachot
et la nourrir de pain et d'eau toute sa vie
plutôt que de consentir à la donner à
M. Seabright; mais qu'elle n'en était pas
moins résolue à se marier avec lui, ou
qu'elle se tuerait, et laisserait lord et lady
faire ce qu'il leur plairait.

Lady Caroline assura Éléonore que,
si elle n'avait pas le courage de la voir
mourir, elle devait lui apprendre quels
moyens il fallait employer pour se marier,
et la conjura de l'aider de tout son pouvoir.

Éléonore pria la jeune lady d'attendre
quelques années; lui représenta qu'elle
avait un grand nombre de frères et de

sœurs ; qu'elle connaissait l'impossibilité où était lord L....., de lui donner une fortune suffisante pour elle et M. Seabright; qu'en supposant même qu'il pût jamais être disposé à un tel acte d'indulgence, on pourrait parler en leur faveur avec plus d'avantage, lorsque M. Seabright, serait capitaine. Éléonore ajouta que, si, après quelques années d'épreuve, ils avaient toujours les mêmes sentimens l'un pour l'autre, elle s'engageait à solliciter lord et lady L..... de ne pas s'opposer plus long-temps à leur bonheur.

Cet avis était beaucoup plus sage qu'agréable. Lady Caroline refusa nettement de le suivre ; Éléonore refusa aussi très-positivement de favoriser, en aucune manière, le mariage ou l'enlèvement, et même de se prêter à aucune entrevue.

Le caractère de la jeune lady étant très-facile à irriter, elle se mit en colère, appella sa chère bonne amie *un cœur dur, une vieille sotte*, lui reprocha son ingratitude envers une famille qui avait toujours eu tant de bontés pour elle, et la quitta aussitôt.

Quoique Éléonore se fut refusée à seconder en rien les desseins de ces deux amans, elle n'avait pas l'intention de les trahir près de leurs parens ; elle connaissait trop bien le caractère sévère de lady L..... et la violence de lady Caroline, pour hasarder d'intervenir entr'elles.

Très-peu de jours après cette entrevue, les papiers publics apprirent à Éléonore que toute intervention serait inutile : ils annonçaient le départ de lady Caroline avec M. Seabright pour l'Écosse.

Le ressentiment de la famille fut porté si loin que lady Caroline, un peu plus de huit mois après son voyage d'Écosse, se trouvant enceinte, ne possédant qu'environ cinq guinées dans sa bourse et M. Seabright ayant reçu l'ordre de s'embarquer pour l'Inde, il ne lui restait plus un ami qui daignât jeter un regard sur elle, ni un seul endroit où elle pût espérer un asile.

Dans cette détresse, la constante bonté d'Éléonore revint à sa mémoire ; et, avec moins de honte qu'elle n'aurait peut-être dû en ressentir de sa conduite passée envers cette excellente amie, lady Caroline trouva sous son toit protecteur l'assistance qu'elle avait en vain sollicitée de ses parens.

Heureusement pour elle, qu'Éléonore était encore à Londres. Celle-ci avait perdu sa mere, et, depuis quelques mois, elle s'était mariée avec Richard. Elle avait été retenue dans la capitale par la nécessité de disposer de la fortune de sa mère, qui consistait dans un fond de boutique de papeterie. Cette affaire étant presque terminée, Éléonore était prête à partir avec Richard pour prendre possession d'une ferme considérable, qu'ils avaient louée depuis peu dans le comté de Mont-gomery.

Éléonore consentit volontiers à rester à Londres jusqu'à ce que lady Caroline, qu'elle avait logée chez elle, fut accouchée. Elle s'engagea en même-temps à employer tous ses soins près de lady L...., pour lui persuader de pourvoir aux besoins de l'enfant, lorsqu'il serait né, ou au moins de donner à lady Caroline quelques secours d'argent pour qu'elle pût accompagner son mari dans l'Inde, si son embarquement pouvait être différé jusqu'après ses couches, ou pour aller le rejoindre, si elle ne pouvait partir avec lui.

Mais Éléonore comptait trop sur le pouvoir de son éloquence, lorsqu'elle imaginait qu'elle pourrait émouvoir l'inflexible cœur de lady L...., endurci plus que jamais par son orgueil offensé et son autorité méprisée.

Lady L.... avait juré de ne jamais pardonner ; et dût sa fille être une mendiante, elle dit qu'elle ne romprait pas son serment.

Éléonore s'adressa ensuite à lord L.... ; et heureusement il n'avait pas juré, ou il avait moins de crainte du parjure. Quant

à l'enfant, il ne voulait nullement s'en mêler; il avait assez des siens et des tourmens
qu'il en éprouvait ; mais il remit à Éléonore
un billet de 500 livres sterlings pour lady
Caroline, avec l'ordre positif d'accompagner ou de rejoindre son mari dans l'Inde.
Il ajouta qu'il espérait que par la suite elle
lui ferait oublier les chagrins qu'elle lui
avait causés.

L'embarquement des troupes fut retar-
dé beaucoup plus qu'on ne l'avait espéré.
Lady Caroline était accouchée d'une fille,
et sa santé était rétablie long-temps avant
que les vaisseaux, destinés au transport
des troupes missent à la voile. Ainsi il était
décidé qu'elle accompagnerait son mari.
Mais elle et M. Seabright ne montrèrent
pas plus d'empressement à se charger du
pauvre enfant, que n'avaient fait lord et
lady L.... : Lady Caroline déclara qu'il lui
était impossible d'en être embarrassée à
bord du vaisseau, et M. Seabright assura
qu'ils auraient assez d'enfans dans l'Inde.

« Ma chère bonne Éléonore , dit lady
Caroline , prenez la pauvre petite avec
vous dans le pays de Galles ; vous l'élève-
rez comme votre propre enfant ; vous savez que je n'ai point d'argent pour payer
sa pension ni son entretien ; mais vous
avez de grandes obligations à notre famille. Si nous devenons riches dans l'Inde ,
vous serez sûre de recevoir de nos nouvelles ; si vous n'en avez pas , il faudra
lui apprendre à traire les chèvres et à
soigner le troupeau ; elle vous sera bientôt utile , et j'en serai bien aise , parce
que je sais combien vous serez bonne et
tendre pour elle. »

Quelque confiance que prétendit avoir
lady Caroline dans la bonté d'Éléonore ,
on peut , sans manquer de charité , croire
qu'elle ne sentait rien de semblable dans
son cœur , pour son propre enfant.

Quoiqu'il en soit , lorsqu'Éléonore ac-
cepta sa proposition , Mylady la remercia
beaucoup , parla de son éternelle recon-

naissance , ne cessant pas néanmoins de répéter que tout ce qu'Éléonore pourrait faire , l'acquitterait seulement d'une faible partie de ce qu'elle devait à la famille de lord L..... Lady Caroline l'assura de nouveau que , si elle devenait riche , elle ne l'oublierait pas , embrassa son enfant, le mouilla de quelques larmes , l'appella *pauvre petite* , protesta qu'elle était fâchée de le quitter , mais que , puisqu'il était impossible qu'elle l'emportât, elle voulait ne pas trop s'affliger.

Quoique M. Seabright fut aussi ennemi que sa femme de l'embarras et de la dépense nécessaire pour emporter leur enfant aux Indes, il avait cependant plus de générosité et d'attachement : il ne pouvait le presser sur son sein sans éprouver une peine extrême , ni consentir à en charger Eléonore sans lui offrir quelque dédommagement. Il la força de recevoir cinquante livres sterlings et l'assura que , s'il était heureux , elle partagerait sa bonne fortune.

Richard avait été entièrement passif pendant cet arrangement ; et, quoiqu'il pût désirer de ne point se voir chargé d'un enfant qui n'était pas le sien, il respectait l'attachement de sa femme pour la famille de lady Caroline. Il considérait encore plus l'état d'abandon de la pauvre petite, s'il lui refusait ses secours ; il avait aussi une âme noble, et n'avait jamais été un exact calculateur de la perte ou du profit. Il laissa donc les choses prendre leur cours. Mais, voyant qu'il était décidé que l'enfant resterait avec eux, il résolut de mettre les cinquante livres sterlings en réserve pour les retrouver, comme il le disait, *pendant les jours de pluie* : « A présent, dit-il à Éléonore, ce pauvre enfant ne nous sera guère à charge, mais les choses peuvent changer. Nous ferons valoir les cinquante livres sterlings comme une petite dot pour la pauvre petite âme, si nous n'entendons plus parler de son *beau papa* et de

sa *belle maman* , ou comme une ressource pour nous-mêmes , dans notre
vieillesse. »

La pensée de la vieillesse n'est pas
ordinairement la première qui se présente
à l'esprit des amans au moment où leurs
vœux viennent de s'accomplir. Cependant
on pourrait justifier Richard de ne pas
regarder cette époque comme une perspective très-éloignée. Ce fidèle couple
avait attendu si long-temps avant de jouir
des douceurs de la vie , qu'il les voyait
presque s'échapper. Eléonore avait déjà
passé quarante ans et Richard en avait com-
pté plus de quarante-huit; mais Eléonore
était encore fraîche et belle , et Richard
plein de force et de santé.

CHAPITRE II.

M. Seabright et lady Caroline n'eurent pas plutôt quitté l'Angleterre que Richard et Éléonore se mirent en route pour le pays de G..lles avec la petite Mary, abandonnée à leurs soins.

La ferme, dont Richard allait prendre possession, était située dans un des comtés voisins de celui où il était né. Il la fournit abondamment de toutes les provisions nécessaires; il la peupla des animaux utiles à l'agriculture; et les deux époux commençaient leur vie rurale avec toutes les apparences d'opulence et de succès.

Il serait peut-être difficile de déterminer si ce fut le défaut d'expérience ou la trop grande bonté de leur cœur, qui détruisit cette flatteuse perspective; mais il est

certain qu'ils furent trompés dans leurs
espérances.

Les talens de Richard et d'Éléonore n'a-
vaient pas jusqu'alors été exercés dans les
soins d'une ferme. Néanmoins comme ils ne
manquaient l'un et l'autre ni d'activité,
ni d'économie, le temps aurait peut-être
pu leur assurer le succès qui récompense
ordinairement ces bonnes qualités. Mais
Richard avait des parens nombreux et
indigens : pas un de sa famille n'était par-
venu avant lui à un si haut degré de prospérité; et son ambition était de devenir
l'auteur de la fortune de tous.

Sa famille, desirant contribuer de
tout son pouvoir aux intentions de son
bienfaiteur, ne manquait pas d'indiquer
à Richard toutes les occasions d'exercer
ses bonnes dispositions. Dans le cours de
trois ans il avait prêté une main secou-
rable, comme il le disait, à un si grand
nombre de ses parens, qu'il avait lui-
même besoin d'appui.

Il en avait placé un dans une ferme,
et ce fermier fit banqueroute ; il en avait
cautionné un autre pour une grosse som-
me, et celui-ci manqua d'acquitter son
obligation ; il avait donné une dot pour
en marier un troisième ; enfin il soutenait
les enfans d'un quatrième. Tout devait
s'arranger dans le cours de peu d'années :
Richard n'en avait aucun doute.

Cependant il fut bientôt forcé de vendre
la plus grande partie de son troupeau pour
se garantir de la prison, et de quitter sa
ferme, parce qu'il n'en pouvait plus payer
les fermages. Il possédait encore quelques
acres de bien paternel dans la vallée de
Lamamon, et croyant pouvoir les convertir d'une manière profitable en un parc
de moutons, il résolut d'aller avec Éléonore en faire l'épreuve.

« Nous devenons vieux, ma femme, dit
Richard, et il ne nous convient plus de
nous tourmenter dans le monde, lorsque
nous devons bientôt songer à le quitter.

Laissons aux jeunes gens les grandes entré-
prises, nous avons eu notre part du travail.
Je vois que nous n'aurons pas d'enfant ;
ainsi, pourquoi tant de tracas pour amasser
des richesses dont nous ne pourrons jamais
jouir? Nous possédons encore assez pour
nous procurer une abondance suffisante sans
prendre beaucoup de peine. Les cinquante
livres sterlings de la petite Mary sont res-
tées intactes ; nous les lui réserverons. Elle
pourra être notre consolation , et nous l'aimerons toujours aussi tendrement. Il y a
peu d'apparence que personne nous la re-
prenne ; et peut-être est-ce dans la vallée
de Lamamon que Dieu veut nous rendre
heureux. »

La philosophie de Richard fut très-
agréable à Éléonore . les soins et les travaux d'une grosse ferme , auxquels elle
n'avait pas été habituée, ne lui convenaient
nullement; et jamais homme de peine, acca-
blé des travaux les plus rudes de la ville ,
ne soupira plus ardemment après la tran-

quillité de son village qu'Éléonore pour le
repos de la vallée de Lamamon.

Mais l'imagination d'Éléonore, comme
il arrive ordinairement, avait trop embelli
les biens dont elle devait jouir. Lorsqu'elle
apperçut le déplorable état de sa misérable
chaumière, lorsqu'elle vit les ronces et les
décombres qui couvraient et environnaient
le petit jardin, elle ne put avoir aucune
idée agréable des plaisirs de la retraite.

Heureusement Éléonore n'était pas du
nombre des personnes qui, trompées dans
leur attente, s'abandonnent sottement au
découragement : ses efforts réunis à ceux
de Richard donnèrent bientôt à la maison
et au jardin un aspect tout-à-fait différent :
en très-peu de temps un air de propreté
et même d'élégance les fit admirer de tous
ceux qui les voyaient. Le parc de moutons
produisit au-delà des espérances de Richard. Une certaine abondance accompa-
gnait la simplicité des mets auxquels ils
étaient habitués; et, ce qui peut-être ne

donne pas moins de satisfaction, ils n'étaient pas entièrement privés d'une sorte de distinction qui souvent contribue le plus au contentement de l'esprit.

Richard était considéré comme un voyageur revenu parmi ses compatriotes pour les enrichir des connaissances qu'il avait acquises. Éléonore elle-même fut bientôt regardée comme la femme la plus importante de la vallée de Lamamon, après celle du curé.

Toute question était référée à une personne aussi instruite des choses de la vie que l'était Mistriss Morgan, (c'était le nom de famille de Richard) : elle était le médecin général, le conseil des jeunes gens, le réconfort des vieux, et, riche encore *comparativement*, le consolateur et le soutien de tous. L'épouse de M. le curé, Mistriss Ellis, ne dédaigna pas de considérer Mistriss Morgan comme son égale.

L'année n'était pas encore écoulée depuis leur établissement dans la chaumière, qu'Éléonore dit à Richard : « Il n'y a nul doute que ce ne fût dans la vallée de Lamamon que Dieu voulait nous faire trouver le bonheur. »

La société du curé et de sa femme était, à la vérité, presque suffisante pour rendre heureux ceux qui pouvaient les apprécier.

M. Ellis avait passé sa jeunesse parmi les grands. Parent éloigné d'une famille noble, il avait d'abord été gouverneur de l'héritier de cette famille, et ensuite il l'avait accompagné pendant trois ans sur le continent. Les avantages qui pouvaient résulter de ces voyages avaient été négligés par l'élève, mais recueillis avec empressement par le gouverneur : il était revenu en Angleterre l'esprit orné d'utiles et agréables connaissances; il avait perfectionné ses manières en conservant toute la pureté de ses mœurs.

Mais il était encore dépendant, et ce ne fut qu'après plusieurs années d'espérances trompées, qu'il reçût, pour récompense de tous ses services, sa nomination à trois

bénéfices ; dans le comté de Merioneth.
Il trouva qu'il était redevable , à la générosité de son noble patron , d'un revenu an-
nuel de 75 livres sterlings et 18 schelings.
Joignant à cette ample récompense , un hé-
ritage d'un peu plus du double, qu'il venait de recueillir, il fut , à l'âge de cinquante
ans , prendre possession de la cure de Lamamon.

On pouvait compter au nombre des actions , dans lesquelles M. Ellis s'était montré
peu attentif aux calculs d'intérêts , le mariage qu'il avait contracté , avant l'âge de
trente ans , avec une jeune personne possédant toutes les vertus et perfections , mais
aussi peu fortunée que lui.

Ce mariage avait fortement offensé le
patron des deux parties ; et, tandis qu'il était
allégué par lui comme la raison de ce qu'il
faisait si peu pour M. Ellis, il devint en effet
la cause des souffrances de cet infortuné
couple.

Après avoir lutté pendant plus de vingt

ans contre les infortunes de toute espèce, Mistriss Ellis fut aussi satisfaite que
son mari de quitter le monde où elle avait
tant souffert, et d'aller chercher un asile
dans la vallée de Lamamon. Elle avait eu
plusieurs enfans, la perte de tous l'avait
plongée dans la plus accablante douleur.
Elle s'était enfin accoutumée à y penser
avec plus de calme ; et retrouva , dans les
sauvages montagnes de Galles , une tranquillité d'esprit qu'elle croyait avoir perdue
pour toujours, au milieu d'un monde plus
cultivé de la partie méridionale de l'Angleterre.

M. Ellis et sa femme furent surpris de
voir combien il fallait peu pour se trouver
riche à Lamamon ; ils jouissaient de l'aisance depuis dix années. Dans les cinq
dernières , M. Ellis trouvant son revenu
plus que suffisant, avait résigné l'un de ses
bénéfices de la valeur annuelle de 20 liv.
sterlings , en faveur d'un jeune ecclésiasti-
que, réduit, avec une femme et quatre

enfans, à subsister d'un misérable revenu de dix livres par an.

M. et Mistris Ellis avaient fait arranger leur Presbytère selon leur goût. Ils sortaient rarement de son enceinte, et trouvaient tous deux que la meilleure portion de leur ameublement était une assez bonne bibliothèque, en partie achetée par M. Ellis lui-même, et en partie donnée par son ancien élève, qui dans un accès de générosité lui avait envoyé, pour cent cinquante guinées, de livres.

Quelques devoirs de piété à remplir, ou quelques actes de bienfaisance à exercer, étaient les seules raisons qui les attirassent au dehors, ils avaient peu de voisins riches, et les voyaient rarement; mais les indigens nombreux en étaient intimement rapprochés : parmi ceux-ci, il était bien connu que le curé de Lamamou n'avait jamais renvoyé le nécessiteux sans secours, l'ignorant sans instruction, le malheureux sans consolation.

Tome I. 2

CHAPITRE III.

L'ARRIVÉE des nouveaux habitans ne fut pas une époque de peu d'importance dans les annales de Lamamon.

Richard et Éléonore étaient à peine entrés dans leur chaumière, que M. Ellis vint serrer la main de son nouveau paroissien, et Mistriss Ellis engagea Mistriss Morgan à lui faire l'honneur de venir prendre le thé avec elle le dimanche suivant, seul jour de la semaine où elle se permît un tel luxe. Ils auraient fait ces politesses à tous nouveaux venus ; mais les bonnes qualités et le bon sens de Richard et d'Éléonore leur donnèrent bientôt des droits à la faveur et aux attentions particulières de M. et de Mistriss Ellis. Mais ce qui les rendait encore plus intéressans

pour Mistriss Ellis , c'était la petite Mary:
elle était précisément de l'âge du dernier
enfant qu'elle avait perdu et qu'elle avait
le plus aimé. Mistriss Ellis s'imagina aussi
voir quelque ressemblance dans les traits
et les manières de Mary, et elle y devint
bientôt tendrement attachée.

Éléonore avait trouvé prudent de garder
le secret de la naissance de cet enfant,
à cause des parens de Richard. Elle pensait
qu'ils ne pouvaient être jaloux d'un enfant
qu'ils croyaient de sien , mais qu'ils l'auraient sans doute été de la petite Mary,
qui à leurs yeux n'aurait eu aucun droit
à sa protection. Elle en avait un cependant , et celui-là était de nature à n'être
jamais désavoué par le cœur de Richard.
Quoiqu'il en soit, Éléonore garda son secret. Il s'était même presqu'effacé de sa
mémoire, lorsque la pensée de ce que Mary
pouvait devenir un jour lui fit désirer de
saisir tous les moyens qui pouvaient contribuer en quelque chose à perfectionner son

esprit. Eléonore avait vécu trop long-temps près des grands pour ne pas appercevoir à l'instant combien Mistriss Ellis réunissait de qualités propres à hâter le succès de ses vœux. Elle fut donc empressée de satisfaire le désir que Mistriss Ellis manifestait d'avoir la petite Mary continuellement avec elle. L'enfant profita si bien de l'exemple et des leçons qu'elle en reçut, qu'à dix ans, elle était connue parmi ses compagnes sous le nom de la *petite demoiselle.* Mary avait véritablement d'excellentes qualités: son caractère était bon, son cœur sensible et généreux; mais elle n'était pas sans quelques-uns de ces défauts qui déparent le plus heureux naturel : elle n'était exempte ni de fierté, ni d'amour-propre.

Éléonore qui croyait voir renaître lady Caroline dans sa fille, fit tout ce qui était en son pouvoir pour corriger ses mauvaises dispositions; mais Mistriss Ellis ne pouvait trouver aucun défaut à sa favorite; et ce fut peut-être un moins grand malheur

pour Mary de la perdre avant qu'elle eût
atteint sa onzième année.

L'extrême douleur que l'enfant éprouva
lors de ce triste évènement, et qui annon-
çait chez elle une sensibilité et une réflexion
bien au-dessus de son âge, lui gagnèrent
l'amitié de M. Ellis. Trouvant toute sa philosophie et sa religion insuffisantes pour lui
faire supporter ce coup fatal et son malheur, il chercha lui-même à s'attacher à un
être qui paraissait si bien partager ses sentimens, et qui semblait s'offrir à lui comme
le seul adoucissement qu'il put trouver à sa
peine sur le bord de la tombe.

Depuis la mort de Mistriss Ellis il ne
pouvait goûter aucun plaisir, lorsqu'il était
séparé de Mary. Comme il avait souvent
blâmé sa femme de l'indiscrète partialité
avec laquelle elle nourrissait les défauts de
sa jeune favorite, il résolut de se garantir
de la même erreur. Mais ce n'était pas toujours facile : la pénétration de la petite fille,

la vivacité de ses reparties arrachaient souvent un sourire, même au milieu de l'impatience qu'ils provoquaient.

Mais M. Ellis était à la fois doux et
inflexible ; plus il connut le caractère et
le cœur de Mary , plus il fut convaincu
que l'un et l'autre méritaient d'être culti-
vés. Il résolut de ne rien épargner pour
réussir dans la tâche qu'il s'était imposée ;
il avait bien moins à cœur de perfectionner
son esprit que de corriger son caractère.
Il parut même d'abord négliger toute instruction qui ne tendrait point à ce but ,
et éloigner de Mary toutes les connaissances
qui pourraient servir à lui donner une trop
haute opinion d'elle-même. Toute jeune
qu'elle était , elle avait une juste idée de
ce qui était véritablement bon. Elle aimait
passionnément M. Ellis et ambitionna de
mériter sa tendresse. Il réussit à lui faire
honte de toute espèce d'arrogance, et bientôt
il trouva le moyen d'intéresser son orgueil
même à la cause de la vertu.

Néanmoins, tant de soins si bien dirigés auraient pu être insuffisans pour corriger parfaitement les imperfections du caractère de Mary, s'il ne se fût bientôt trouvé un second, dans cette entreprise, qui lui sauva la moitié de la peine.

C'était un jeune homme d'environ quatorze ans, fils d'un riche fermier du voisinage, William Challoner. Il était l'aîné d'une famille composée de cinq garçons et d'une fille. Il était destiné à succéder à son père dans la possession d'un bien paternel d'environ cinquante livres sterlings de revenu, et dans l'administration d'une ferme considérable, que la famille faisait valoir depuis plusieurs générations, et qu'elle tenait du plus riche Seigneur du canton.

La nature avait doué William d'un bien plus grand nombre de qualités que celles qui sont généralement jugées nécessaires pour l'état auquel il était destiné. A la santé, à la force et à l'activité elle n'avait pas seulement joint un jugement sain, une

vive intelligence et un ardent amour du
travail ; elle avait encore ajouté une intégrité inébranlable, à une grande douceur
de caractère, et beaucoup de fermeté et de
résolution à un vif enthousiasme pour tout
ce qui était beau dans les œuvres de Dieu
et des hommes.

Humphry Challoner avait vu avec'délices
la vigueur et l'agilité de son fils ; il avait
prédit avec toute la pénétration de son esprit, qu'il serait bientôt le meilleur faiseur
de marchés de toute la contrée ; mais quant
à ses autres qualités, ou il ne les apperçut
pas, ou il les considéra comme étant à son
désavantage. Depuis quatre ans, William
avait pris un goût que son père regardait
comme le plus destructeur de l'esprit mer-
cantile qui, depuis plusieurs générations
les avait distingués de père en fils.

William avait environ dix ans, lorsqu'il
fut accordé à l'ardente prière de l'un de
ses oncles, curé à Bristol, qui venait de
perdre sa femme et son seul enfant, presqu'au même moment.

Sentant un vide pénible dans sa maison
et dans son cœur, il pensa que rien n'était
plus capable de le lui faire oublier que les
jeux et les aimables qualités de son neveu
favori. Avec cet oncle, qui était un homme
de bon sens, doux et de quelque instruction, William avait acquis un goût décidé
pour la lecture, sans rien perdre de son
activité pour les occupations rurales; mais
ses heures de loisir étaient toujours con-
sacrées aux livres.

Son père avait consenti à le laisser long-
temps auprès de son oncle, parce qu'il
pouvait avec lui trouver tous les avantages
d'une école sans aucune dépense. Il n'était
pas entré dans la tête de M. Challoner que
quatre années d'instruction de son frère
pourraient être plus destructives de l'ignorance qu'il supposait nécessaire à William
que ne l'eut été le même temps passé à
l'école du village où ses frères recevaient
leur éducation. A l'âge de quatorze ans il
fut supposé savoir lire, écrire et compter

2 *

et on le rappella, dans le dessein de lui faire commencer l'apprentissage des rustiques occupations de sa vie future.

William revint à la ferme de Lambeder avec joie par le souvenir des jours heureux qu'il y avait passés. Il fut empressé de déployer les connaissances qu'il avait acquises pendant son absence. Son oncle lui avait donné une petite collection de livres, et lui avait recommandé de ne pas oublier ce qu'il lui avait appris, l'assurant que l'étude serait le plus grand de ses plaisirs, le soulagement de ses peines; qu'elle le préserverait du vice et ne pourrait lui faire nul tort, quelque fut sa situation.

William retourna à la maison l'esprit rempli de ces principes; mais bientôt, à sa grande surprise et à son extrême regret, il vit que de telles idées n'avaient pas cours à la ferme de Lambeder.

Son père se déclara satisfait de son écriture, de sa lecture, et de son arithmétique. Mais, lorsqu'il voulait montrer des connais-

sances beaucoup plus chères à son orgueil,
son père arrachait le livre de ses mains
avec emportement; et lorsqu'il vit le grand
nombre de ceux dont son oncle l'avait
pourvu, il ne se fit aucun scrupule de les
jeter tous au feu.

William considéra la destruction de ses
richesses et la perte de son bonheur, avec
un mélange de chagrin, de mépris et de
ressentiment. Cet acte injuste et passionné
du père mit dans l'âme du fils une ferme
résolution de juger et d'agir par lui-même;
ce qui dans la suite distingua son caractère,
qui ne pouvait se déployer en ce moment.

Humphry Challoner gouvernait sa famille
avec une verge de fer ; et, depuis sa femme
jusqu'au plus chétif garçon de labour, tous
étaient asservis, toute résistance à sa volonté
lui était inconnue.

Humphry était un homme d'assez bon
sens, et connaissait, comme on dit dans le
monde, l'art de faire de l'argent. Ayant
tourné ses pensées vers ce but avec un

très-grand succès , il regardait toutes connaissances au-delà de celles qu'il possédait,
non seulement comme superflues, mais même
comme nuisibles au grand objet de l'existence. Il avait une double aversion pour tout
ce qui s'appellait livres, étude ou sciences,
par l'influence qu'ils avaient eu sur son frère
le curé. Henry était le seul Challoner qui,
de mémoire d'homme, eut préféré un livre
à la charrue, et le seul qui n'eut pas aug-
menté la portion de biens qui lui avait été
laissée par son père. Il en avait au contraire
dépensé une partie à acquérir des connaissances ; il s'était ensuite contenté du produit
d'une petite cure à Bristol ; et , depuis
long-temps , il n'était plus douteux que la
famille ne serait pas enrichie d'un sou par
lui.

Au triste exemple de son frère, Humphry
avait coutume de joindre celui de M. Ellis,
qu'il citait comme une nouvelle preuve du
fatal effet des livres et de l'étude.

« C'est pour vous un sage , un savant,

un grand homme, » disait-il, avec autant
de mépris pour le pauvre M. Ellis que
de satisfaction pour lui-même ; « mais
tout sage et tout savant qu'il est, a-t-il
jamais su faire un sou de tout son savoir ?
avec sa sagesse il servait les lords et
les ducs pour rien. Il a passé la moitié
de sa vie à mourir de faim dans la belle
compagnie, et fini par venir végéter dans
la cure de Lamamon. Qu'il me montre
une maison fournie comme cette ferme,
Laissez-lui compter ses guinées avec moi !
Ces choses-là ne se gagnent pas à pâlir
sur les livres ! »

Depuis que William était de retour de
Bristol, ces longues harangues qui deve-
naient plus fréquentes et plus véhémentes
que jamais, se terminaient rarement sans
une menace à William que, s'il le trouvait
avec un livre, il lui casserait la tête.

Ces paternelles exhortations semblaient
encore plus indispensables à Humphry ;
parce qu'il s'appercevait que William dif-

férait autant de son opinion à l'égard de M. Ellis qu'à l'égard des livres.

Henry Challoner ayant reçu quelques services de M. Ellis, avait chargé William, à son retour à Lambeder, de lui faire agréer sa reconnaissance et un petit présent de quelques friandises étrangères, que la situation de Bristol rendait faciles à se procurer.

La ferme de Lambeder était située à l'entrée de la vallée de Lamamon, et n'était pas éloignée de plus d'un mille du presbytère,

Ce fut le lendemain de la destruction de tous ses biens, que William sortit pour exécuter la commission que lui avait donnée son oncle. L'esprit entièrement occupé de sa perte, et du ressentiment qu'elle lui causait, il pensait peu à l'affaire pour laquelle il s'était mis en marche, lorsqu'il fut présenté à M. Ellis dans sa petite bibliothèque.

Il n'y avait pas un coin qui ne fût occupé par quelques volumes. Toutes les facultés de l'esprit de William furent absorbées dans la contemplation de ces richesses, qui lui parurent un trésor inépuisable. Il regardait en silence les tablettes entièrement chargées, et oubliant complétement ce qui l'avait amené, il négligea même les civilités dues à M. Ellis.

« Quelle est votre affaire, mon bon garçon, dit M. Ellis, et qui occupe ainsi votre attention ? »

« Oh ! Monsieur, s'écria William, combien vous êtes heureux d'avoir tant de livres, que vous pouvez lire autant que vous voulez.»

« Vous pourrez les lire aussi, si vous le désirez, repartit M. Ellis avec bonté. Mais vous n'êtes pas venu ici pour me parler de mes livres, que désirez-vous ? »

« Oh non ! repartit William avec vivacité. Mais en en voyant une si grande quantité, je ne pouvais parler d'autre chose. Et je les lirai tous, Monsieur ! Vous serez assez bon pour me laisser quelque fois lire avec vous, comme faisait mon oncle ! »

« Certainement, dit M. Ellis. Mais qui est votre oncle ? et où avez-vous appris à tant aimer la lecture ? »

William enfin se rappella où il était et pourquoi il était venu : il se fit bientôt connaître, offrit son présent de la meilleure grâce qu'il put, et employa tout l'art qui était en son pouvoir, pour se concilier l'amitié de M. Ellis. Ce ne fut pas difficile : l'air ouvert et la contenance ingénue de William, la vivacité avec laquelle il s'exprimait, surtout son goût pour la lecture, qui avait été la passion de toute la vie de M. Ellis, lui gagnèrent bientôt, non seulement la bienveillance, mais encore la véritable affection de cet homme vertueux.

« C'est dommage que vous ne soyez pas resté avec votre oncle, dit-il ; vous auriez beaucoup profité de ses soins. »

« Mon père ne pense pas ainsi, dit William ; il dit que je suis maintenant assez âgé pour l'aider dans la ferme, et que ce doit être là mon affaire ; il n'aime pas la

lecture, et il n'y a aucun livre à Lambeder. »

« Votre père à fort raison, répliqua M.
Ellis : la lecture ne doit en rien empêcher
votre besogne ; mais je ne vois pas pourquoi
elle ne pourrait point être votre plaisir aussi
bien que *le ballon, les barres*, ou *la course
du cercle.* »

« Je puis faire toutes ces choses, dit
William ; car on peut faire beaucoup de
choses dans un jour ; et, si j'avais des livres,
je pourrais lire, jouer et faire mon ouvrage
aussi. »

« Bon, reprit M. Ellis, si j'entends
dire du bien de vous, si vous n'êtes ni pa-
resseux, ni méchant, vous ne manquerez
pas de livres ; et pour preuve de ce que je
vous dis, je vais vous en prêter un ; mais
souvenez-vous que si j'entends dire du mal
de vous, je le reprendrai et vous serez long-
temps sans en avoir un autre. »

« Oh ! Monsieur, vous pouvez être
sûr de moi, s'écria William : je travaillerai

et ne perdrai pas une heure maintenant.
Mais voudrez-vous, Monsieur, me permettre
de venir quelquefois le Dimanche vous entendre parler? Mon oncle avait coutume de
dire que la lecture faisait peu de bien, si
nous ne pouvions parler de ce que nous
lisions, à quelqu'un de plus instruit et de
plus sage que nous. »

M. Ellis l'assura que rien ne pouvait lui
faire plus de plaisir et ajouta : « Vous savez,
William, que vous êtes mon paroissien ; il
est de mon devoir de vous instruire. »

William prit congé de M. Ellis, plein
de reconnaissance et joyeusement chargé
d'un volume de l'histoire d'Angleterre, qu'il
prit soin de cacher aux yeux inquisiteurs de
son père.

Dès ce jour, William sentit et professa
la plus profonde vénération pour M. Ellis.
Il pensa qu'il était le plus sage aussi bien que
le meilleur des hommes ; et, comme il n'y
avait pas une voix dans le voisinage qui ne
confirmât son opinion, il n'eut aucun égard

aux continuelles déclamations de son père, et aux grossiers sarcasmes qu'il débitait contre la folie du pauvre curé.

Telle était la réputation de M. Ellis parmi ses paroissiens, que Humphry même, n'osait défendre toute communication entre son fils et lui.

Être le favori du pasteur était le meilleur éloge que l'on pût obtenir ; et il n'y avait que ceux qui n'en méritaient aucuns, qui pussent le négliger.

Mais l'honneur éminent, que M. Ellis accordait au pauvre William, n'était pas un honneur sans danger. C'était en même temps la cause et la compensation des sévères réprimandes et des plus rudes traitemens que William supportait humblement et avec patience, mais qui ne purent ni diminuer son respect pour M. Ellis, ni accroître son affection pour son père. Rien, en vérité, n'égalait la rigueur de Humphry pour son fils, si ce n'est son aveuglement sur l'effet des entrevues qu'il était si désireux de prévenir.

William avait une telle crainte que M,
Ellis n'entendît dire du mal de lui, que son
industrie et son application aux travaux de
la ferme devinrent continuelles. Il fut bientôt connu pour le jeune homme le plus actif
et le plus intelligent du pays.

~~~~~~

CHAPITRE IV.

WILLIAM mit une telle vigilance dans les travaux de la ferme, et sut si bien distribuer ses occupations, que ce n'était pas seulement le dimanche qu'il trouvait le loisir d'aller entendre la lecture de M. Ellis. Mais il se sentit bientôt entraîné au presbytère par un attrait encore plus fort que la sagesse et la bonté du curé. Cet attrait était Mary.

Comme elle passait la plus grande partie du jour près de M. Ellis, William et elle se connurent bientôt intimement; et la connaître c'était l'aimer! Sa gaieté, sa franchise, la bonté de son cœur étaient irrésistibles. Ajoutez à cela qu'elle était presqu'aussi passionnément attachée aux livres que William. Il est aisé d'en conclure qu'il ne fallut que peu de temps pour produire entr'eux l'amitié la plus tendre.

M. Ellis vit bientôt combien William pourrait lui être utile et seconder ses efforts pour corriger le caractère de Mary, et il fut bien aise de faire usage d'un moyen, qui probablement serait aussi agréable à sa pupille, que le résultat en était désirable pour lui.

Quoique William eût déjà commencé à penser par lui-même, et qu'il eût pris la résolution de suivre tout ce que sa raison lui présenterait comme juste ou louable, il avait cependant la douceur d'un ange, et toute espèce d'orgueil et d'arrogance était étrangère à son caractère. S'il en était incapable pour lui, il les détestait dans les autres; et son amour naissant ne put l'empêcher d'observer combien Mary avait de penchant à ces défauts. Il ne put se défendre de lui manifester l'improbation la plus marquée, toutes les fois qu'elle les laissait paraître. Le cœur de Mary s'attristait, lorsqu'elle appercevait l'air fâché de William, et elle ne pouvait être en paix avec elle-même , jusqu'à ce qu'ils fussent reconciliés.

La crainte de perdre l'amitié de William la rendait attentive à s'observer , lorsqu'il était présent ; et , si elle offensait quelqu'un dans son absence , M. Ellis prenait soin qu'il fût instruit de cette faute. Alors William ne consentait ni à se promener , ni à lire ou causer avec elle. Elle observa bientôt que jamais ses plus vives saillies ne lui arrachaient un sourire, lorsqu'elles pouvaient être offensantes pour quelqu'un. Elle commença à se faire une idée assez médiocre d'un talent qui n'était pas agréable à celui à qui elle désirait de plaire.

Si, pendant quelque temps, elle avait montré plus de douceur et de bienveillance dans ses discours et dans sa conduite, M. Ellis rassemblait quelques uns de ses jeunes paroissiens et les faisait danser sur le gazon devant la porte; Richard jouait du violon, et Mary était donnée à William pour partenaire.

Avec cette méthode, Mary eût bientôt

appris à se commander à elle-même; et, à quinze ans, quoiqu'elle eût conservé toute la gaîté et la vivacité de son caractère, il ne restait plus aucune trace des défauts qui, dans ses premières années, faisaient augurer si mal de ses inclinations.

Il fut vraiment heureux pour Mary d'avoir appris dans son enfance à corriger son caractère. Les charmes, que chaque jour voyoit naître en elle, auraient probablement retenu la censure des hommes; et William, lui-même, eût été aveugle sur tous les défauts de son cœur ou de son esprit. Les louanges, qui lui étaient prodiguées, auraient sans doute rendu infructueux les conseils de ses amis. Partout où elle allait, elle était remarquée pour l'élégance de sa taille, l'éclat de son teint et la modestie de sa contenance. Bientôt elle fut connue, dans tous les villages d'alentour, sous le nom de *la beauté de Lamamon*; et Humphry Challoner avait déjà une nouvelle cause pour maudire la différence qui était entre les goûts de son fils et les siens.

Que les plus hauts rangs de la société ne
croient pas s'arroger seuls le droit de
nourrir les idées exaltées qui apprennent
à remplacer les doux liens de l'amour par les
chaînes d'or de l'avarice ou de l'ambition.
Si les chefs de deux illustres maisons cimen-
tent leurs grandeurs avec les larmes de leur
postérité, ces maîtres de la terre peuvent
encore être imités dans cet excès de bar-
barie par le marchand et le fermier.

Le marchand dit à son fils que, s'il
épouse la fille du riche voisin *Limpson*, il
lui donnera un bel établissement; mais que,
s'il continue à voir la jolie Sally, il le chassera de sa maison.

Le riche fermier ordonne à son fils aîné
de ne pas s'abaisser à aimer une fille sans
dot; mais il lui promet que s'il trouve une
femme qui lui apporte une fortune au moins
égale à la sienne, il le mariera, et lui fera
de grands avantages.

Le trafic de l'espèce humaine n'est pas
relégué aux rives africaines; ce n'est pas

seulement le colon des indes occidentales
qui, par les gémissemens et la captivité de
son semblable, s'ouvre la route de la fortune.
Le colon, il est vrai, torture les membres
et lacère le corps ; mais le parent, avare
ou ambitieux, ~~i, dans le mariage, force
la volonté de son enfant, tyrannise la plus
chère liberté de son esprit et déchire ou
corrompt son cœur.

Jusqu'ici c'était une maxime inviolable
du prudent code de la famille Challoner ,
de ne se déterminer dans le choix de *l'as-
sociée matrimoniale* que par le poids de
la bourse ; Humphry n'avait pris la sienne
que d'après ces principes, et n'avait pas cru
devoir chercher en elle d'autre distinction,
ni s'informer d'autre chose que de la fortune
qu'elle devait lui apporter. Mais son ambition
pour l'établissement de son fils, prenait un
vol plus élevé. Il avait lui-même quelques
prétentions de noblesse, et pouvait dire, en
combien de branches était divisée l'ancienne
souche des Challoners du nord ; et quoique

jusqu'à présent ils se fussent contentés de choisir leurs femmes parmi les riches paysannes, c'était plutôt une marque de leur prudence qu'une preuve qu'ils n'eussent pas le droit de regarder plus haut.

C'était, il est vrai, une prudence que Humpry approuvait beaucoup : il était aussi zélé défenseur de la conservation des rangs de la société qu'aucun prince, prêtre ou noble existant. Il avait une sorte d'orgueil qui lui faisait regarder ses supérieurs plutôt avec dédain qu'avec envie. Mais le hazard jetta en son chemin une tentation, à laquelle ni sa raison, ni ses préjugés ne purent résister.

Un écuyer du voisinage avait une fille unique. Cet écuyer pouvait compter parmi ses ancêtres, les anciens princes de Galles. Mais telle avait été la stupidité héréditaire de cette branche, que, dans le milieu du dix-huitième siècle, la famille Fluellin n'était pas plus avancée en civilisation et en connaissance, que ne pouvaient l'être les pre-

3 * *

miers rejetons sortis de cette royale souche.

Il ne restait, il est vrai, nulle trace des
troupeaux de bœufs gras et des ruches,
qu'ils devaient tenir de leurs ayeux, ou
des domaines qui avaient pu être accordés
au prince, qui commença une aussi illustre
génération. Toutes fois, de plus modernes
acquisitions, rapportant une rente d'un peu
plus de 300 livres sterlings, étaient encore
en la possession du représentant actuel des
anciens souverains de Galles; et Miss Deborath Fluellin était incontestablement dé-
clarée héritière de cette propriété.

La mère de cette jeune princesse avait
d'abord été la servante, ensuite la maîtresse, et enfin la femme de l'écuyer. Il l'avai
épousée précisément à temps pour légiti-
mer sa progéniture ; et, en l'épousant, il
avait introduit dans la famille des Fluellins
plus d'intelligence qu'ils ne pouvaient se
vanter d'en avoir eu depuis le temps d'ho-
wel-dl a.

C'était une femme adroite et active qui avait beaucoup trop de bon sens pour mépriser les manières et les habitudes auxquelles elle avait été accoutumée dès son enfance, et aussi un trop bon esprit pour imiter celles de ses supérieurs. Elle continua donc d'être, après son mariage, ce qu'elle avait été auparavant, la meilleure ménagère du pays. Ni la folie du temps, ni l'exemple de ceux qui l'entouraient ne purent lui persuader de souffrir que sa fille devint une plus grande dame qu'elle même, et elle avait fait la sourde oreille à tous les avis de Mistriss Ap-Evenses et de Mistriss Ap-Tomases, ses voisines, sur la nécessité de mettre Miss Fluellin dans une pension. Et malgré les désirs ambitieux de la jeune Lady, au moyen d'une adroite surveillance au logis, qui avait été soutenue d'une volonté bien prononcée, sa plus brillante perspective était de devenir aussi habile que sa mère dans l'art de faire les fromages.

Telle était celle que, depuis long-temps, Humphry Challoner avait résolu de prendre

pour bru; dans ce mariage il trouvait la naissance qui flattait le secret orgueil, qu'il
sentait et n'avouait pas, la fortune pour satisfaire l'avarice, qu'il sentait et qu'il avouait,
et la simplicité d'une ménagère, pour justifier son choix aux yeux de tous les vieux fermiers du pays. La fille était forte, propre
et de bonne santé; et, si elle n'avait pas
une beauté remarquable, aucun homme ne
pouvait lui trouver rien de désagréable; et
Humphry avait résolu que William ne
pouvait point faire d'objection à ces projets.

Mistriss Fluellin admirait beaucoup le
bon sens et les prudentes maximes de
Humphry. Elle avait jugé que sa fille ne
pouvait pas s'abaisser en épousant le fils
d'un fermier, aussi riche et aussi sage. Tous
ses souhaits se trouvaient entièrement satis-
faits dans le futur établissement de Miss
Fluellin.

M. Fluellin, ne pouvait, à la vérité,
oublier qu'il était descendant de princes, et
parlait un peu en faveur du sang des anciens

Bretons; mais, comme Mistriss Fluellin le
gouvernait avec un pouvoir absolu , lorsqu'elle avait une fois déclaré sa volonté, il
était bien convaincu qu'il n'avait d'autre
parti à prendre que celui de la soumission.

C'était, sur la demande de Mistriss
Fluellin, que William avait été rappelé de
chez son oncle : elle avait été également effrayée, et du savoir qu'il acquérait sous un
aussi grand maître, et des idées de luxe,
qu'il pouvait prendre dans l'opulente cité
de Bristol.

Avec aussi peu d'égards pour les droits
de leurs enfans que de soins pour leurs intérêts respectifs, et comme si les contractans
eussent été princes, il avait été convenu
entre Mistriss Fluellin et Humphry que
William épouserait Deborath, aussitôt qu'il
auroit atteint vingt-un ans ; qu'en attendant
cette époque il l'instruirait des connaissances
nécessaires pour diriger la ferme; que tout
autre amour serait interdit de part et d'autre ; que les deux jeunes gens seraient cons-

tamment ensemble et s'aimeraient s'ils
pouvaient.

D'après cela, si Humphry avait vu avec
déplaisir la préférence de William pour le
presbytère, lorsqu'il devait supposer que
son goût pour les livres et son affection pour
M. Ellis étaient les seules causes qui l'y
attiraient, il est aisé d'imaginer quel dut
être son mécontentement, quand il commença à soupçonner que la beauté de Mary
était un attrait plus puissant que l'un et
l'autre. Ses charmes naissans étaient devenus
le sujet de toutes les conversations; Humphry, lui-même, l'avait vue, et ne pouvait
nier que sa beauté ne fût un très-grand
obstacle à l'accomplissement de ses engagemens avec Mistriss Fluellin.

Mais Humphry n'était pas homme à soumettre sa volonté au pouvoir de deux beaux
yeux ; et il ne doutait pas qu'il n'eût les
moyens de réduire William à l'obéissance.
Cependant, malgré que les desseins de son
père lui fussent bien connus, William n'avait

manifesté à la belle Deborath que la plus
froide indifférence. Les jours de fêtes,
lorsque ses occupations lui laissaient quelque loisir, une visite au presbytère lui avait
toujours paru préférable à tous les plaisirs
de la ferme de Lambeder et au plus brillant
festin préparé par les belles mains de Deborath dans la salle de Fluellin.

Ses pas, il est vrai, se tournaient plus
fréquemment du côté de la chaumière
d'Éléonore. Mary, occupée des soins convenables à son sexe et à son état, y était
plus souvent que sous le toit de M. Ellis.
William prétendait alors que c'était des
jours de fête. Mary avec le consentement d'Éléonore quittait ses occupations,
et, selon que la saison le permettait, ils
lisaient auprès du feu, ou s'égaraient
au pied ou à la cîme des montagnes qui
bordent la vallée de Lamamon ; et les
amis devinrent bientôt amans.

Mais des plaisirs si purs, si innocens
et si paisibles ne sont donnés que d'une

3 * * *

main avare aux enfans des mortels. Aussi rares que fugitifs, ce n'est que, lorsqu'ils nous échappent, que nous en sentons le prix.

CHAPITRE V.

Les entrevues de William et de Mary ne pouvaient pas être ignorées d'Éléonore; et Mary n'avait, en vérité, nul désir de cacher à cette excellente amie aucune de ses actions, ni de ses pensées. Elle avait toujours trouvé en elle la plus tendre et la plus indulgente des mères; elle se reposait également pour son bonheur et pour sa conduite sur l'affection et la prudence d'Éléonore. Et, dans leurs entretiens, son cœur était aussi ouvert que sa contenance.

Ce n'avait été qu'après beaucoup d'hésitations qu'Éléonore avait permis une entière liberté aux entrevues de William et de Mary. Lorsqu'elle pensait que Mary pouvait être un jour réclamée par ses parens, la prudence l'avertissait de ne souffrir aucune des liaisons qui alors seraient considérées comme déshonorantes , et auxquelles il faudrait renoncer quelque pénible qu'en dût être le sacrifice.

Mais , d'un autre côté, lorsqu'Éléonore était frappée de la grande probabilité que jamais Mary ne serait retirée de ses mains, l'intérêt et le bonheur d'une jeune créature qu'elle aimait si tendrement, l'emportaient sur toute autre considération ; et elle voyait avec plaisir croître pour elle l'attachement d'un jeune homme, dont tout le monde disait du bien, et dont la situation offrait à son enfant tous les avantages de l'abondance. Elle avait été fortifiée par Richard dans cette dernière opinion.

Seize années s'étaient entièrement écoulées sans qu'ils eussent reçu aucune nouvelle de M. Seabrigth ni de lady Caroline.

« Qui peut douter , disait Richard, qu'ils ne soient morts, ou devenus si riches qu'ils nous auront oubliés nous et leur pauvre petite fille ? Peut-être qu'ils ont d'autres enfans.

Je garantis qu'ils seraient honteux de notre chère Mary. Beaux parens, en vérité. »

« Je pense qu'elle est plus notre enfant que la leur. Nous l'avons aimée, nourrie, élevée, et elle est bonne et respectueuse avec nous ; mais qui peut dire qu'elle serait aussi respectueuse envers un père et une mère, qu'elle n'a jamais vus de sa vie, et qui l'ont abandonnée, sans en prendre aucun souci. »

« Je n'ai jamais eu bonne opinion, ni de Milady ni du Capitaine ; et, pour vous dire mon sentiment, je ne me soucie point de les voir jamais revenir pour traverser un amour aussi sincère que celui de William et de Mary. »

« Pourquoi faudrait-il faire une religieuse de notre pauvre petite fille pendant les plus belles années de sa vie ? parce qu'elle peut devenir un jour une *lady*. Non, non, ma femme ! laissez faire la nature ; ça réjouira mon cœur de la voir la femme de William Challoner. »

« Il la mériterait quand elle serait reine !
et dans mon opinion, elle sera plus heureuse,
oh oui ! et mieux à la ferme de Lambeder
que dans un palais. J'ai vécu trop long-
temps près les gens du grand monde pour
ne pas les connaître. »

Éléonore convint que Richard avait raison : « mais, dit-elle, l'orgueil et l'avarice ne
sont pas relégués dans le beau monde ; et
je doute beaucoup que Humphry consentît
à ce que son fils épousât notre bouton-de
rose, avec ses cinquante livres sterlings pour
toute dot, même s'il savait qui elle est. »

« Ces cinquante livres en feront cent
avant qu'elle se marie, dit Richard. Je prétends que dans tout le pays il ne trouverait
pas une aussi bonne femme, aussi adroite,
aussi industrieuse, aussi bonne ménagère.»
Mais si Humphry n'y consent pas et que
William le veuille, je prétends qu'il ne soit
pas détourné du droit chemin.

« Mary aura mon consentement pour
épouser William, aussitôt qu'ils pourront

trouver, assez d'argent pour acheter deux vaches et une vingtaine de moutons. »

« Qu'avons nous gagné à attendre que nous fussions riches? nous sommes devenus vieux. Les richesses ont eu des ailes, et se sont envolées ; mais la vieillesse, qui vient avec des béquilles, est toujours sur nos pas. »

« Nous eussions pu être heureux, vingt ans plutôt, si nous nous fussions contentés de la chaumière de Lamamon, où nous avons été forcés de venir pour trouver le bonheur. »

Telle était la politique de Richard et d'Éléonore. Mais celle de Humphry et de Mistriss Fluellin y était tout-à-fait opposée.

Cette dernière avait remarqué la froideur de William envers sa fille ; elle en avait parlé à Humphry, qui éveillé sur la conduite de son fils par de si vifs intérêts, n'était pas plus disposé en faveur de Mary. Il était bien informé des visites et des promenades de William. Jusqu'à

présent celui-ci n'avait pas essayé de les
cacher à son père, qui pouvait en être
instruit par tout le monde. Mais à la voix
de la renommée se joignait celle d'une
insidieuse observatrice, qui, sous le mas-
que de l'amitié, ne se faisait pas scrupule
de trahir la confiance qu'elle sollicitait.

Cette amie perfide était la sœur de William. De deux ans plus âgée que Mary,
elle avait été sa compagne jusqu'à l'année
précédente; et, malgré l'opposition de leurs
caractères, Mary l'aimait à cause de William.

Son frère l'avait introduite au presbytère; souvent elle avait été à des petits
bals sur le gazon; Jenny ne dédaignait pas
ces plaisirs, et, pour en jouir, elle souffrait volontiers les réprimandes de sa mère
et les reproches habituels de son père.
Mais pendant le cours de la dernière année,
les opinions de Jenny avaient totalement
changé : elle avait passé ce temps dans une
pension de jeunes demoiselles à Dollgely

où elle avait été mise, à la sollicitation et aux frais d'une tante.

Cette Dame, venant visiter sa famille, s'était trouvée très-choquée de la rusticité de sa nièce, et avait prononcé si absolument qu'elle ne réussirait jamais dans le monde, si elle n'était pas mieux élevée, que Humphry n'avait pu s'empêcher de renoncer à toutes ses objections contre ce mode d'éducation. L'éloquence de sa sœur était d'ailleurs appuyée par l'assurance qu'elle se chargerait entièrement de ce qu'il en coûterait.

Jenny était maintenant de retour de cette pension. Complettement ignorante même du peu que l'on avait essayé de lui enseigner, elle avait un profond mépris pour toutes celles qui n'avaient pas eu une semblable occasion de perdre leur temps.

Elle ne parlait plus que *peinture*, *musique* et *français*, appellait Humphry et sa femme *papa* et *maman*, désignait ses com-

pagnes par le titre de *demoiselles*, s'éta-
blissait juge de tous les points de mode
ou de connaissance du monde. A sa portion naturelle d'ignorance et de sottise,
elle avait ajouté tant de vanité et de prétentions qu'elle était devenue insupportable.

Malgré ces inclinations, si opposées à
ce que Humphry désirait dans toute autre
personne que sa fille, Jenny avait obtenu
son approbation, et, pour plusieurs raisons, elle était la favorite de son père.

Dans son cœur, il était orgueilleux des
connaissances qu'il supposait que sa fille
avait acquises dans les arts, auxquels il
ne connaissait rien ; et, quoiqu'elle s'élevât
elle-même et abaissât les autres, elle avait
assez d'adresse pour reconnaître toujours la
sagesse supérieure de son père ; et en outre
elle entrait ardemment dans ses vues sur
M. Fluellin.

Comme elle enviait et haïssait alors Mary, à cause de sa réputation de beauté, elle
affecta une vive amitié pour Deborath,

dont l'infériorité, dans tout ce que M.
Challoner appellait perfection, ne pouvait
lui faire craindre de rivalité.

Mary ne soupçonnant aucun changement
dans l'esprit de Miss Challoner, la traita
à son retour de Dollegely avec la même
familiarité qui avait toujours subsisté entr'elles ; et Jenny fut bientôt instruite des
sentimens de Mary pour William et de
leurs fréquentes entrevues. Lorsqu'elle fut
maîtresse de leur secret, elle trouva bientôt le moyen de montrer à Mary la distance
qui existait entr'elles, et la supériorité à
laquelle elle prétendait.

Mais Jenny ne jouit pas du plaisir qu'elle
s'était promis de mortifier Mary.

Une intelligence peu commune, et la
connaissance de tout ce qui était inconve-
nant distinguaient le caractère de cette
enfant de la nature. Elle vit à l'instant tout
le ridicule des prétentions de Jenny.

Votre sœur est devenue folle, dit-elle
à William ; et elle n'y pensa plus.

CHAPITRE VI.

A MOITIÉ chemin de la ferme de Lambeder à la chaumière d'Éléonore, Mary
avait découvert, dans son enfance, une
petite grotte, dont l'entrée était tellement
rétrécie par les broussailles, qu'il était
difficile de l'appercevoir. Une seconde ou-
verture au sud y laissait pénétrer la chaleur
et la lumière.

Mary avait pris un grand plaisir à l'orner
de mousse, de coquilles, de feuillages agréa-
blement colorés, enfin de tout ce qu'elle
trouvait en son chemin qui lui semblait
curieux. Elle y allait souvent avec les compagnes de son enfance; elle y avait conduit
William, lorsque l'amitié commença entre
eux, pour lui faire admirer tous ses tré-
sors. Depuis qu'ils étaient plus grands,
cette grotte leur avait souvent servi d'abri

contre l'orage ; ils s'y étaient reposés au milieu du jour, et ce lieu était cher à tous deux. Il était devenu depuis peu le dépôt de richesses d'une bien plus grande valeur que celles que Mary était habituée à y porter.

William employait à acheter des livres, tout l'argent qu'il pouvait gagner ; mais il lui était aussi difficile d'en conserver la possession que de se la procurer. Il avait paru à Mary que cette grotte favorite présentait un refuge assuré aux volumes persécutés, et, d'après son avis, William en avait rempli une petite caisse bien doublée, pour les préserver de l'humidité, et l'avait placée dans le coin le plus obscur de la grotte.

Les fréquentes visites de Mary et de William à cet endroit favori avaient détruit tout obstacle à son entrée. Lorsqu'il leur servait seulement comme un refuge ou comme un lieu de repos, l'augmentation de jour et d'air, qui en résultait, leur avait

paru un avantage. Mais *richesse* est *la*
mère des soupçons et des craintes : les
livres ne furent pas plutôt logés dans la
grotte que la sécurité fut préférée à tout
agrément , et William ne jugea pas qu'on
pût faire de trop grands sacrifices pour
la sûreté d'un trésor si précieux.

Il répara donc soigneusement la haie qui
défendait autrefois l'entrée de la grotte ,
détruisit autant que possible tous les ves-
tiges du chemin, et enseigna à Mary un
sentier plus élevé sur la montagne, qui
conduisait à la grotte par un plus grand
détour.

Le refroidissement de Jenny et de Mary
qui avait commencé avant que l'idée vint
à celle-ci et à William de convertir la
grotte en bibliothèque fut la seule raison
qui empêcha Jenny d'être instruite de ce
secret aussi bien que de tous ceux rela-
tifs à leurs amours. Le changement de Jenny
avait appris à William d'user d'une circons-
pection qu'il n'avait jamais mise jusqu'alors

à se ménager des entrevues avec Mary. Quoique résolu de suivre les sentimens de son cœur, il voulait éviter les querelles et les réprimandes continuelles, que les rapports de Jenny lui attiraient. Cela lui fit songer à se procurer un double avantage de la destruction du chemin de la grotte : il la rendait par là un asile plus sûr pour son magasin de sciences, et se préparait une retraite où il pourrait jouir de la conversation de Mary, sans être observé de qui que ce fût.

C'était par le nouveau sentier, qu'ils croyaient inconnu à tout autre qu'à eux, qu'ils s'étaient promis de venir toutes les fois qu'ils pourraient mutuellement dérober une demi-heure de leurs occupations respectives : « Je peux courir ici dans un instant, causer un moment avec vous, être de retour avant que personne se soit apperçu de mon absence, dit William. »

« Je peux courir aussi vite que vous, dit Mary; et je suis sûre que ma chère mère ne me dira jamais non, quand elle saura que je viens pour vous rencontrer. »

« = Combien il sera agréable de s'asseoir là dans les soirées d'été et de sentir le thim sauvage ! »

« = Comme il y fera chaud à midi dans l'hyver, quand le soleil brillera sur nous ! »

« = Trouvons-nous-y demain soir. »

« Vous pouvez compter là-dessus, dit Mary. » Et elle se hâta d'aller à la maison, pour engager sa mère à consentir à leurs petits arrangemens.

« Ah ! ma chère enfant, cela ne se peut pas, dit Eléonore : vous êtes en vérité trop innocente pour voir le danger d'une telle entrevue; mais je serais folle de la souffrir. Et quand il n'y aurait rien à craindre, cela ne serait pas prudent : le monde parlerait, et, si vous vous habituiez à vous rencontrer ainsi seule avec William, il n'y aurait nul mal que l'on n'en dît. »

« Les gens sont donc d'un bien mauvais naturel, dit Mary. »

« **Pas** toujours, reprit Éléonore ; mais ils sont souvent dans l'erreur. Au reste ils auraient raison de condamner une jeune fille qui donnerait rendez-vous à un jeune homme dans un souterrain. »

« J'ai rencontré là William vingt fois, dit Mary, et je ne sache pas que nous ayons fait aucun mal. »

« Vous l'avez rencontré là par hasard, repartit Éléonore ; vous vous y reposiez vous-même, dans vos promenades, pour un moment. Il n'y avait aucun mal à tout cela. Jusqu'à présent vous avez été un enfant ; maintenant vous devez vous considérer comme une femme, et même vos promenades, seule avec William, doivent cesser. Vous avez du observer que, depuis quelque temps, je ne les ai presque pas permises. »

Les larmes roulaient dans les yeux de la pauvre Mary.

« Oh ! ma chère mère, vous êtes si douce, si bonne, que je ne doute pas que vous n'ayez raison; mais que deviendra le pauvre William? Humphry Challoner est si méchant, et Jenny est devenue si sotte, qu'il dit que je suis sa seule consolation. »

« William peut vous visiter ici, vous pouvez vous asseoir ensemble dans le petit berceau du jardin, danser chez le bon M. Ellis; mais pour vous rencontrer dans une grotte, ou vous promener seuls on ne sait où, je désire que cela n'arrive jamais. »

« Je ferai tout ce que vous désirez, dit Mary; mais, sur ma vie, je ne sais voir quel mal peut arriver de ce que je sois avec William? »

La prévoyance d'Éléonore la fit insister sur cet ordre, et Mary promit la plus entière soumission. C'était la première fois qu'elle ne trouvât point l'obéissance un plaisir. Elle n'en était pas moins résolue à se soumettre, parce qu'il était impossible que sa mère se trompât; mais elle trouvait à cela quelque chose de dur et d'étrange, et elle ne pouvait comprendre comment il y aurait aucun mal à être avec William.

Le lendemain elle se rappella l'engagement qu'elle avait pris avec William ; lui manquer de parole était impossible ; mais l'idée d'aller sans permission ne se présenta jamais à son esprit.

C'est pourquoi elle voulut essayer le pouvoir de son éloquence sur Éléonore.

« J'ai promis de rencontrer William avant la nuit, dit-elle, d'un ton suppliant, et si je n'y vais pas, il me croira malade, et il sera malade aussi : je vous prie, laissez moi aller, pour cinq minutes. Je ne veux pas demeurer plus long-temps que cinq minutes : seulement pour lui dire que je ne dois plus revenir. »

« Non, non répliqua Éléonore, si William ne vous voit pas arriver, il viendra ici, et ce sera tout aussi bien. »

« Oh ! non, s'écria Mary, ce serait un double malheur : Humphry ne le trouverait pas, et qui sait s'il ne le battrait point ? il ne lui laisserait pas un instant de repos pendant toute une semaine. »

4 **

« Point de résistance, dit Éléonore: je pense que vous ne devez pas y aller. »

« Seulement une fois, dit Mary ; vous poserez le sable et' vous verrez que je serai allée, revenue et que j'aurai parlé à William, avant qu'il ait passé à moitié. »

« Vous feriez mieux de suivre mon avis et de rester à la maison, reprit Éléonore il arrivera quelque mal de cela. »

« Dites-moi quel mal il y aura pour un moment ! en vérité je n'ai rien à dire à William, si ce n'est que je ne dois plus revenir. »

« Eh bien ! vous irez, repartit Éléonore ; mais je crains que vous n'y trouviez une raison pour me croire une autre fois. Le moindre mal qui puisse arriver, c'est que vous me manquerez de parole. »

« Je parierais mon chevreau, nouveau né, que je n'y manquerai pas. Manquer à ma parole ! en vérité, je n'y ai manqué de ma vie. »

« Vous le ferez cette fois, dit Éléonore ;

mais l'expérience n'est bonne que, lorsqu'elle est achetée. Ainsi faites comme vous voudrez. »

« Oui , vous verrez combien je serai exacte ; mais ne placez le sable qu'après que je serai hors de votre vue. »

Toujours courant et sans respirer , aussi légère que la chevrette de la montagne , Mary toute essoufflée rencontra William à l'entrée de la grotte.

« Ah , vous êtes venue enfin ! lui cria-t-il. Tout nous favorise : mon père soupe chez M. Fluellin ; Jenny se promène d'un autre côté ; nous pourrons jouir de toute la soirée. »

« Nous ne pouvons pas jouir d'un instant, s'écria Mary ; et je suis venue pour vous le dire. »

William était consterné.

« Ma mère dit que je ne dois plus vous rencontrer dans ce lieu écarté , ni me promener seule avec vous ; elle dit que cela est mal. Je ne peux savoir pourquoi ; mais je ferai ce qu'elle désire. J'ai promis de n'être pas plus de cinq minutes. »

« — Votre mère est donc fâchée contre moi ? »

« — Oh ! non , non : vous pouvez venir à la chaumière , nous nous asseyerons sous le berceau, ou nousdanserons sur le gazon. A présent que je vous ai dit cela , il faut que je m'en aille. »

« Arrêtez ! arrêtez ! ce n'est pas une minute. Arrêtez ! je vous en conjure , s'écria William , en la prenant par la main. »

« Seulement un instant : vous êtes toute essoufflée. »

« Il ne faut pas s'asseoir , dit Mary ; » et elle souffrait que William la plaçât sur un roc dans la grotte.

« Tout notre bonheur est détruit, dit Mary ; et elle fondit en larmes. »

« — Comment votre mère peut-elle être si cruelle ? »

« — Elle n'est pas cruelle. Sans doute elle se trompe ; mais elle est si bonne que je ne voudrais pas lui désobéir pour tout au monde; et, quand elle verra combien je suis discrète, peut-être changera-t-elle de sentiment. »

« — Mais comment pourrai-je vivre pendant ce temps ? je n'ai pas d'autre consolation que vous sur la terre. »

Les pleurs de Mary augmentaient; et ce premier contre-temps parut si insupportable aux deux amans, qu'ils se lamentaient sur la perte de leur rendez-vous à la grotte, comme si toutes les infortunes de la vie étaient tombées sur eux.

Il n'est pas surprenant qu'avec l'esprit aussi oppressé, le temps passât pour eux sans être remarqué; et, quoique Mary dît à chaque instant, *il faut que je m'en aille*, elle restait assise où elle était.

L'obscurité de la grotte, accrue par les ombres de la nuit, l'avertit enfin.

« Qu'ai-je fait dit - elle ? est-ce la demi-heure pour laquelle je m'étais engagée ? »

« Oh! William, laissez-moi aller. Si ma

mère me gronde, certainement elle aura raison. »

« Un baiser avant de partir, dit William. Il est si triste ce départ !

« Oh non, non !» disait Mary pendant qu'il pressait ses lèvres des siennes.

« Belle action ! belle action ! cria Jenny, s'élançant de derrière un buisson à l'entrée de la grotte. Vous êtes une jolie personne, en vérité, de vous laisser embrasser dans l'obscurité ! mais je le dirai à mon papa ; j'y suis résolue. Et, si quelqu'un le disait à votre mère, miss Mary, ce serait tant mieux pour vous. Si je faisais de semblables choses, je suis sûre que maman me donnerait sur les oreilles et me ferait marcher droit. »

« Que dit-elle, s'écria Mary ? que veut-elle dire ? »

« — Oui, oui je veux dire que vous serez bientôt comme Sally Barne. Mais il ne faut pas penser que mon frère vous épouse, miss !»

Tout le sang de la pauvre Mary monta à sa figure.

« Oh ! ma mère, dit-elle, j'aurais bien mieux fait de rester à la maison ! » En prononçant ces mots, elle se mit à courir et fut loin d'eux dans un moment.

William n'osa la suivre dans la crainte d'augmenter son chagrin. Ne pouvant offrir aucune consolation à Mary, il s'en dédommagea autant qu'il put, en faisant sentir toute sa colère à Jenny.

Mary courait encore, quoiqu'elle se trouvât hors de leur vue ; mais quelque vive que fût son impatience d'être rendue à la maison, son cœur était trop plein et ses esprits trop troublés pour lui permettre de continuer sa marche si vîte, elle s'arrêtait, courait encore quelques pas, s'arrêtait et pleurait.

Éléonore avait été allarmée par ce retard, prolongé au-delà de ce qu'elle avait prévu. Inquiète, elle avait quitté la chaumière et était venue au bas de la vallée dans l'espoir de rencontrer Mary.

Aussitôt qu'elle l'apperçut : « Mary, dit-

4 ***

elle, est - ce là votre demi - heure ? »

« Oh ! ma mère, grondez-moi, battez-
moi, vous aurez raison ; mais je ne me
croirai pas plus sage que vous une autre
fois. Je n'aurais jamais pensé que tout
ce que vous disiez fut si vrai. Mais je
vous prie, pardonnez-moi. »

Éléonore vit le chagrin et l'agitation de
Mary. Elle prit soin de ne pas les augmenter par des reproches ou des réprimandes.
Elle sut bientôt ce que Mary avait à dire.
L'ardeur avec laquelle elle s'accusait, et
ses promesses de la plus entière obéissance
pour l'avenir, rendaient inutiles toute re-
montrance ou recommandation de la part
d'Éléonore : l'expérience valait en vérité
mieux que vingt avertissemens. Elle vit
avec plaisir la pâleur de Mary et l'air humble avec lequel, pendant quelque temps
après cette aventure, elle s'occupait en
silence des soins du ménage.

CHAPITRE VII.

La mortification de Mary n'était pas encore à son terme. Jenny, fidèle à sa parole, raconta à son père l'histoire de la grotte, avec les additions et les embellissemens qu'elle jugea convenables.

Humphry avait trop de plaisir et d'intérêt à ternir la réputation de Mary, pour qu'il laissât tomber dans l'oubli une semblable histoire ; et Mary eut bientôt le chagrin de savoir que son aventure, telle que Jenny avait voulu la raconter, était dans la bouche de tout le monde.

William était au désespoir ; il faisait des remontrances ; il menaçait même, mais en vain, il n'y gagnait que le courage de résister à la volonté de son père ; il lui déclara positivement qu'il ne serait jamais rien à Miss Fluellin et qu'il voulait épouser Mary.

Humphry fit des menaces ; mais William persista. Leur rupture et sa cause parvinrent bientôt jusqu'à M. Ellis.

Allarmé tout à la fois sur l'honnêteté de William et sur la réputation de Mary, ce véritable père de son troupeau envoya l'ordre à William de se rendre au presbytère. Celui-ci s'empressa d'obéir, espérant trouver un protecteur dans M. Ellis; mais la froideur avec laquelle M. Ellis le reçut détruisit cette espérance et lui fit craindre que sa cause ne fût jugée d'avance.

« William, dit M. Ellis, vous savez combien je vous ai aimé ! vous savez combien je vous ai distingué ! vous savez quelle bonne opinion j'ai eue de vous ! cependant qu'entends-je dire ? vous vous querellez avec votre père , et vous cherchez à séduire une jeune fille , l'innocence même ! »

« Cela est faux , dit William en rougissant. Je vous demande pardon , Monsieur; mais je dois dire que cela est faux. »

« Je suis très-aise de l'entendre , reprit

M. Ellis ; vous êtes donc bien avec votre père , et vous n'avez aucun dessein sur Mary. »

« J'ai intention de l'épouser , répondit William. « — Avec le consentement de votre père ? « — Non , Monsieur , il ne faut pas l'espérer ! »

« — Et quel droit avez-vous donc de vous marier sans son consentement ? »

« Le droit de la nature , je crois , répondit William. Lorsque nous lisions ensemble dans l'histoire de Russie que les Russes mariaient leurs esclaves quand et à qui ils voulaient , je me souviens que vous dites que c'est un pouvoir qu'aucune parenté ne peut donner à un homme sur un autre ; que tous les devoirs du mariage s'y opposent , puisqu'ils exigent un choix et un amour mutuel. (Je suis sûr que j'ai pensé à Mary dans ce temps) ; mais que nul homme ne peut choisir et aimer suivant la volonté d'un autre. »

« Ceci peut passer , dit M. Ellis , pour

écarter les droits que votre père croit avoir
de vous marier contre votre volonté; mais
cela n'établit pas pour vous le droit de
vous marier contre la sienne. »

« Non, Monsieur, je le vois; mais
lorsque je peux établir le droit de choisir
pour moi sur mon indépendance...... « =
Sur *votre* indépendance ! dites - moi, je
vous prie, en quoi la faites-vous consister ? »

« = Dans ma santé, ma force et ma
capacité pour un travail honnête ! »

« Je vous prie, Monsieur , pardonnez-moi.... Je ne voudrais pas vous fâcher
pour rien au monde ; mais ne vous ai-je
pas entendu dire que , si vous aviez eu
le courage de ne vous confier pour votre
bonheur qu'au travail de vos mains, au lieu
de vous laisser enchaîner par l'usage et
les préjugés, vous auriez retranché de votre
vie vingt années d'une *existence malheureuse*, épargné mille mortifications à la femme que vous aimiez, et peut-être conservé
quelques-uns de vos enfans qui auraient fait
a consolation de votre vieillesse. »

Monsieur Ellis soupira.

« — J'ai dit cela; et je l'ai dit dans l'intention de vous inspirer la résolution dont j'ai eu besoin pendant si long-temps, de ne confier notre bonheur qu'à nous-mêmes. »

« Peut-être, Monsieur, reprit William, une telle résolution était impossible dans votre position; mais il m'est facile à moi, qui travaille tous les jours pour les autres, de travailler pour moi-même. Mon père dit que, si je ne veux pas épouser Miss Fluellin, il me chassera de chez lui; qu'il ne veut jamais me donner un sou, et que je mourrai de faim. »

« Il peut me chasser de chez lui, il peut refuser de me rien donner; mais si jamais je meurs de faim ce sera bien ma propre faute. »

« Cependant, dit M. Ellis, sans mourir de faim, il y a une grande différence entre l'aisance et l'abondance de la ferme de Lambeder, et la chétive existence et le dur travail qui seront votre partage, si vous n'êtes soutenu par votre père. »

« J'en suis bien persuadé, dit William. Pour l'amour de ma pauvre Mary, je souhaiterais que mon père fût plus doux ; mais, au pis aller, notre sort serait comme celui de la plus grande partie des hommes ; et ils peuvent être heureux. Je vous ai entendu dire, Monsieur, que le bonheur se trouve dans toutes les situations. Pourquoi ne le trouverions-nous pas aussi ? Je suis sûr que toutes les richesses du monde ne serviraient qu'à me rendre plus malheureux avec une femme que je ne pourrais pas aimer. »

« Ainsi parlent tous les jeunes gens, quand ils sont amoureux, répliqua M. Ellis; mais les choses changent grandement, lorsqu'ils se trouvent dans la pauvreté; et quand un enfant a fait l'action la plus désobligeante pour un père, si le père juge convenable de ressentir l'offense, il est considéré comme un cœur dur et cruel. Ainsi l'enfant désobéissant ne prive pas seulement son père de sa tranquillité, mais encore de sa bonne réputation. Pensez-vous que ce soit juste, William ? »

« Oh non ! loin de cela ! je connais les
conditions auxquelles je dois épouser Mary ;
j'y souscris. Et quelque soit la détresse où
je puisse me trouver dans l'avenir , je ne
considérerai jamais mon père comme la
cause de mon chagrin. »

« — J'en doute : ne pensez-vous pas déjà
qu'il n'a nul droit de vous empêcher de
prendre la femme de votre choix ? »

« — Je pense qu'il devrait être bien aise
de me voir heureux avec Mary ; mais je ne
crois pas qu'il doive me rendre riche, lorsque je lui dirai que je ne me soucie pas de
richesses. Qu'il garde son argent pour
mes frères et ma sœur ; qu'il me conserve
seulement une part dans son affection et sa
bienveillance dont je ne crois pas que mon
mariage avec Mary doive me priver. »

« — Mais supposé qu'il soit vraiment
déraisonnable pourrez-vous être heureux ,
quand vous serez privé de la bienveillance
et de l'affection de votre père ? »

« — Non, Monsieur, pas parfaitement

heureux ; mais ce ne sera point ma faute. Et quand bien même je renoncerais à Mary, mon père serait également sévère et dur, si, en même-temps, je ne consentais pas à épouser Miss Fluellin ; et je sais que vous me trouveriez méprisable, si j'y consentais ; puisque je ne puis l'aimer. »

« = Ainsi vous considérez le déplaisir de votre père, comme inévitable dans tous les cas ; et peut-être croyez-vous la possession de Mary votre meilleur dédommagement. »

« = Je le pense, Monsieur ; et, je vous en prie, ne me dites pas que j'ai tort. Mon père sait que dans toute chose je lui obéis de tout mon pouvoir. Je n'entends pas faire mon éloge, mais il n'a nulle raison de se plaindre de mon industrie ou de mon activité. Tout ce que je demande est de pouvoir les employer pour mon propre compte, et tâcher d'avoir une occupation dans le monde, où je puisse gagner quelque chose pour offrir à Mary. »

« — Vous ne voudriez donc pas, quand
même vous le pourriez, épouser Mary tout
de suite ? »

« — Non, Monsieur; et je ne pense pas
qu'elle voulût y consentir. A peine veut-
elle me laisser parler d'amour et de mariage. Elle dit toujours qu'elle ne veut pas
se marier, si elle doit être à charge à
quelqu'un. »

« Elle a raison, dit M. Ellis : faire payer
aux autres notre propre bonheur est ce
qu'une âme généreuse ne peut supporter. »

« Je suis certainement de cette opinion, reprit William; mais quand je pourrai
fournir à l'entretien d'une femme et aux
dépenses d'un ménage, j'espère, Monsieur,
que vous penserez que j'aurai le droit de
choisir par moi-même ; et que, dans aucune circonstance, je ne dois être obligé
d'épouser celle qu'un autre *a choisie*. De
plus, j'espère encore, Monsieur, que vous
ne trouverez pas de désobéissance dans
tout ceci. »

« — Je ne pense pas qu'il y en ait; mais

ressouvenez-vous de vos propres principes :
vous devez chercher à vous concilier votre
père par tous les moyens qui sont en votre
pouvoir ; vous ne devez rien lui demander
que sa bonne volonté et son affection, ni
dans aucun cas recevoir de lui plus que
la part qui vous est légitimement dûe de sa
propriété ; et vous ne devez chercher à
obtenir aucun intérêt ou gratification aux
dépens des autres. „

« Gardez ces principes toute la vie, et
je ne crains pas de dire que vous pouvez
continuer à vous livrer à votre passion pour
Mary, non-seulement sans blâme, mais encore avec l'approbation de tous les cœurs
honnêtes. Et je crois mon opinion sanc-
tionnée par quelques-uns des hommes les
plus sages et les meilleurs du siècle. »

« Que le ciel vous bénisse ! Monsieur,
s'écria William, avec transport ! sûrement
vous êtes né pour donner le bonheur à
tous ceux qui ont celui de vous connaître. „

« Votre père, reprit M. Ellis, ne sera

peut-être pas de cette opinion ; mais en prêchant la vérité, je pense que je sers mieux les intérêts de la société en général, quoique cela puisse paraître attaquer ceux de quelques personnes en particulier. »

« Mais, William, un autre avis : si vous ne regardez pas l'innocence de Mary comme sacrée, ... »

« Oh ! Monsieur, interrompit William indigné, c'est tout malice et calomnie ! Je n'ai pas besoin de me vanter, lorsque je m'abstiens de ce que je ne pourrais pas faire ; car, si j'étais assez pervers, pour oublier un seul instant sa pureté, je sais que je serais le dernier qu'elle voulût jamais revoir. »

Là se termina la conversation entre William et M. Ellis, à la satisfaction de l'un et de l'autre.

Si M. Ellis était content de l'esprit, du bon sens et de l'honnêteté de William, celui-ci ne l'était pas moins de l'approbation que ses sentimens avaient reçue d'une personne, qu'il regardait comme l'oracle de la bonté et de la sagesse même.

~~~~~~

CHAPITRE VIII.

Depuis l'aventure de la grotte, William n'avait jamais osé approcher de la chau-mière, et lorsque Mary et lui s'étaient acci-dentellement rencontrés, ce n'était que par un regard timide qu'ils avaient essayé de s'expliquer ce qui se passait dans leurs cœurs.

Encouragé, comme William l'était main-tenant, il résolut de ne pas perdre un mo-ment pour rétablir leur communication plus directe.

D'un pas léger et le cœur palpitant, en quittant M. Ellis , il tourna ses pas vers la chaumière. Mary était occupée dans le jardin. A la vue de William , elle s'en-fuit à la maison comme pour se réfugier sous l'aile de sa mère, William y fut aussi-tôt qu'elle.

« Vous n'avez pas besoin de me fuir maintenant, Mary ; car je viens pour vous parler en présence de mistriss Morgan. »

« Si vous eussiez toujours pris cette précaution, dit Éléonore, ç'aurait été aussi bien, jeune homme. »

« Oh ! ma bonne mère, s'écria William, se sentant trop heureux pour être affligé de la réprimande, vous vous seriez ennuyée de tout notre babil. Mais je suis sûr que je n'ai jamais rien dit loin de vous, que je n'eusse voulu dire en votre présence ; et maintenant je viens vous prier d'être assez bonne pour intercéder auprès de Mary, afin qu'elle puisse me pardonner toutes les mortifications que je lui ai occasionnées. A la vérité, c'est ma faute si elle est restée plus que le temps accordé ; mais je ne suis pas cause de la méchanceté de ma sœur ; car nous ne faisions rien pour la provoquer, ni rien dont nous ayons aucune raison d'être honteux. »

Pendant que la pauvre Mary rougissait

et demeurait toute tremblante à côté d'É-
léonore, William s'était approché d'elle;
et comme il disait ces dernières paroles, il
aurait bien voulu prendre sa main, mais
Mary la retira.

« Donnez-lui votre main, dit Éléonore,
vous êtes deux enfans imprudens; vous vous
croyez vous-mêmes plus sages, mais vous
serez plus humbles à l'avenir. Au moins
j'en peux répondre pour Mary, et alors,
je n'ai pas besoin de vous craindre, William. »

« Vous n'aurez jamais besoin de me craindre, reprit-il, en pressant tendrement la
main de Mary dans les siennes : il n'y a pas
une goutte de sang dans mes veines que je
ne voulusse répandre plutôt que de l'offenser même en pensées; et afin que ma chère
Mary ne puisse pas être trompée, je viens
pour lui dire devant vous, que si je l'é-
pouse, je n'espère pas que mon père veuille
jamais me donner un sou. Ainsi, mon cher
amour, si vous ne savez pas être pauvre,

il faut......., il faut que je vous perde. »

« J'ai été pauvre toute ma vie et j'ai été heureuse. »

« Je n'ai rien, dit William, à vous offrir que mon cœur et ma main ; mais l'un vous aimera toujours ; l'autre travail-l era sans cesse pour vous soutenir. »

« Nous travaillerons tous deux, dit Ma-ry ; mais pourquoi voulez-vous être pauvre pour l'amour de moi ? »

« Parce que je vous aime mieux que les richesses. »

« Je viens de chez M. Ellis ; il dit que je puis vous aimer, quoique mon père dise que je ne le peux pas ; mais eût-il décidé le contraire, c'eût été la même chose ; car il me serait impossible de faire autrement. »

« Et je vous prie, interrompit Éléonore, pourrez-vous vivre sur cet amour ? »

« Sur l'amour et le travail, nous le pour-rons, dit William. Mais je ne veux pas de-mander Mary pour me marier tout de suite ; il faut que j'aie une maison commode pour la loger , et au moins une ou deux vaches pour qu'elle en prenne soin; et quand j'au_ rai tout cela , voudrez-vous , ma chère mè_ re, donner votre consentement pour qu'elle soit ma femme ? »

Quoiqu'Éléonore consentit à tolérer les amours de Mary et de William , elle se réservait le droit d'agir dans l'avenir selon que les circonstances pourraient l'exiger ; car elle ne pouvait supporter la pensée de prendre des engagemens dont elle savait que l'accomplissement deviendrait peut-être entièrement hors de son pouvoir.

Les probabilités qu'elle dût jamais avoir aucune nouvelle de lady Caroline dimi_ nuaient chaque jour , mais la possibilité restait ; et dans cette possibilité elle voyait naître mille maux, si William et Mary s'en_ gageaient l'un à l'autre , et s'engageaient avec son consentement.

Ces considérations l'empêchaient de faire une prompte réponse à ce que William venait de dire ; pendant qu'elle hésitait, il

5 * *

continua de cette manière à la solliciter.

« Vous ne devez pas craindre, ma bonne mère, de me donner ce petit encouragement. Hélas ! je ne demande pas plus que vous ne pouvez donner. Pensez combien de temps il me faut attendre pour avoir ma chère Mary. Mon père a déclaré qu'il ne voulait pas souffrir que je fisse aucun travail pour mon compte que je n'eusse vingt-un ans ; et que dans dix-huit mois, trois semaines et deux jours, il me faudra faire le choix d'épouser miss Fluellin ou d'être chassé de chez lui. »

« Je sortirai de chez lui, car je ne voudrais pas épouser Déborath, n'y eût-il pas d'autre femme au monde. Alors je travaillerai pour moi-même ; mais, combien de temps il me faudra encore avant que je puisse meubler une maison et acheter un couple de vaches ! et, si je ne suis pas tranquille et sûr de votre consentement à la fin, je pense réellement que je mourrai de désespoir. »

« Nulle crainte, nulle crainte de cela,

dit Eléonore, vous pouvez mourir de toute chose excepté d'amour et de désespoir. D'ailleurs, je ne vois aucun bien à faire une promesse, et beaucoup de mal au contraire. Si vous gardez tous deux les mêmes senti-mens jusqu'au temps dont vous parlez, ce ne sera pas la promesse qui vous engagera ensemble; et si votre opinion avait changé vous ne devriez pas vous marier quand bien même vous l'auriez promis. »

« Mais si nous sommes dans les mêmes sentimens, voudrez-vous alors donner votre consentement? car Mary dit qu'elle ne vou-dra jamais se marier pour vous affliger. »

« Non, en vérité, dit Mary; car je pen-se que, si William peut se marier sans le consentement de son père qui a toujours été si dur et si dénaturé pour lui, et qui en outre voudrait le marier à quelqu'un qu'il ne saurait aimer, je serais la plus ingrate personne du monde si je pouvais vous affli-ger, ma chère mère, vous qui avez toujours été si tendre pour moi; et je suis sûre que si vous devez dire : « Mary, n'épousez pas William, vous le direz pour mon bien et sans penser à l'argent. »

« Voudrez-vous alors donner votre consentement; demanda William ? »

« Si les choses arrivent comme vous dites, reprit Éléonore, je ne ferai rien pour empêcher votre mariage. »

« Mais c'est donner votre consentement. Et maintenant, ma chère Mary, (s'écria-t-il en l'embrassant,) je suis sûr de vous. »

« Ne soyez pas si sûr, dit Éléonore; je ne peux penser que Mary soit née pour vous. »

« Oh! ma chère mère, s'écria William, vous n'êtes pas sorcière, et je ne voudrais pas que vous le fussiez, dans ce cas-ci, pour tout l'or du monde. »

« Je désirerais cependant que ma mère n'eût pas dit cela, reprit Mary, les larmes aux yeux; je ne l'ai presque jamais vue se tromper. »

« Eh bien! pour vous consoler, dit Éléonore, si vous épousez William, vous ne
vous réunirez pas à lui sans dot; vous lui
apporterez plus qu'il ne paiera pour les
deux vaches et les meubles de la maison.
Ainsi laissez-le faire de son côté et nous
verrons ce qui peut être fait du nôtre. »

William ne se jetta pas à ses pieds, ne lui
baisa pas les mains; mais il dit tout ce qu'un
cœur reconnoissant et une âme courageuse
pouvaient dicter. Mary pleura en embrassant sa mère, et pour completter la joie des
deux amans, Éléonore leur permit de passer une heure ensemble sous le berceau.

Le plaisir de Richard fut extrême lorsqu'Éléonore lui raconta ce qui s'était passé.

« Dieu veuille, dit-il, que lady Caroline
et son cher capitaine ne viennent pas troubler notre joie; et nous serons les gens les
plus heureux du Mérionet. »

M. Ellis qui avait sincèrement à cœur le
bonheur de William et de Mary, ne se bor-
na pas aux avis et aux approbations qu'il

avait donnés à William. Il fit plus, il s'efforça de ramener Humphry Challoner; mais c'était parler à un sourd. Humphry n'avait qu'une raison à opposer, son intérêt; et il ne pouvait concevoir que cet intérêt put consister en autre chose qu'à accumuler des richesses.

Il dit à M. Ellis qu'il devait être honteux de soutenir William dans sa rébellion; menaça de se plaindre à l'évêque et de le représenter comme semant la dissention entre les pères et leurs enfans.

M. Ellis sourit à cette menace et n'en fit pas moins fortement entendre ce qu'il croyait être le devoir d'un père envers son enfant, pour répondre au reproche de ne pas éclairer les enfans sur leurs devoirs envers leurs parens; mais ce fut en vain.

Humphry avait résolu que William épouserait miss Fluellin ou mourrait de faim. Il dit à M. Ellis que, « comme son fils pe drait bientôt, par ses conseils, tous les soutiens de cette vie, il en était d'autant plus

obligé de lui enseigner comment il gagne-
rait les biens de l'autre. »

M. Ellis perdant tout espoir d'émouvoir
le cœur de ce tendre père, pensa à d'autres moyens d'être utile à son protégé.

Humphry avait absolument refusé de
souffrir que William quittât la ferme de
Lambeder jusqu'à ce qu'il eût completté
sa vingt-unième année ; et M. Ellis espérait lui procurer un emploi qui pourrait
à cette époque le mettre en état de se
suffire à lui-même et d'épouser Mary.

Pendant que ces bienveillantes pensées
occupaient l'esprit de M. Ellis, les amans,
heureux dans leurs espérances, bornaient
leurs plaisirs aux entrevues restreintes par
la prudence d'Éléonore, sans songer à la
tempête qui était prête à fondre sur leurs
têtes ni au sentier raboteux qu'ils devaient
parcourir avant d'être heureux, si enfin
ils étaient destinés au bonheur.

5 * * *

CHAPITRE IX.

La beauté de Mary et la passion de William étaient devenues le sujet général des conversations du pays, et, tandis que chaque jeune homme désirait une maîtresse aussi belle que Mary, chaque jeune fille souhaitait un amant aussi désintéressé et aussi généreux que William.

Miss Fluellin employait tout l'art de la coquetterie, en relevant ses charmes des parures que sa mère lui avait interdites jusqu'alors et que maintenant elle lui permettait pour enlever à sa rivale une conquête d'un si haut prix. Mais elle épuisa vainement ses parures et ses agaceries : William n'avait d'amour que pour Mary, et il en aurait eu moins pour miss Fluellin que pour toute autre.

Mary de son côté était recherchée par de nombreux amans ; mais pour tous, excepté pour William elle était froide et

fière. Le bouquet de William était le seul
qu'elle mît sur son sein, son ruban le seul
dont elle ornât ses cheveux ; et tandis qu'elle
se glorifiait de son amour pour lui, à la juger par ses manières avec les autres jeunes
gens, l'on aurait pu supposer qu'elle était
incapable d'aucune passion. Il est probable
que toute cette froideur ne venait pas seulement de son attachement pour William,
mais encore de son bon goût naturel ; l'esprit cultivé et les manières douces de ce
jeune homme le mettaient fort au-dessus
de tous ses compagnons, et Mary, en pré-
férant sa conversation à celle de tous les
autres, donnait aussi la preuve de son
bon sens.

Les entretiens de William et de Mary
n'étaient pas seulement les épanchemens de
deux cœurs tendres, ils étaient aussi l'é-
change de leurs connaissances et la culture
des plus nobles inclinations de leur esprit.

La conversation de M. Ellis, dont ils
avaient joui l'un et l'autre si long-temps et

si fréquemment, avait été pour eux la source
d'une quantité de connaissances et leur avait
donné une délicatesse de sentiment à laquelle
ne pouvaient atteindre les autres jeunes pay-
sans, et qu'on ne pouvait comparer à aucune
des manières grossières de la vie rustique.
Sans montrer de supériorité au dehors, ils
se trouvaient mutuellement quelque chose
qu'ils cherchaient vainement ailleurs. Si
pendant les jeux ou les travaux ils se mê-
laient gaîment et volontiers avec leurs égaux,
ce n'était que dans leurs promenades et leurs
conversations particulières qu'ils trouvaient
le charme pour lequel seul ils semblaient
chérir la vie.

Cette supériorité, à laquelle ils ne pen-
saient pas et à laquelle ils prétendaient encore moins, semblait être reconnue de tous
ceux qui vivaient avec eux.

Après M. Ellis, William était considéré
comme le premier pour le savoir et la bonne
éducation ; et, dans toutes les actions de
Mary, il y avait une élégance et une grâce,

que ses compagnes ne pouvaient nier, et qu'aucune n'était capable d'imiter; aussi n'y avait-il pas une seule personne, dans la vallée de Lamamon, par qui les charmes de Mary ne fussent sentis et reconnus.

Pendant l'été dans lequel l'aventure de la grotte était arrivée, Mary avait été vue par le propriétaire de la moitié des fermes d'alentour. Ce 'gentil-homme, connu dans le voisinage par le titre d'*Ecuyer*, était un jeune homme de 24 à 25 ans, d'une ancienne et riche famille, ayant passé par tous les degrés de l'éducation la plus à la mode. Il en déployait maintenant les effets dans le grand monde. Le château, ancienne résidence de la famille, était situé à trois milles de la vallée de Lamamon; mais il était converti en une maison de ferme depuis plus de quarante ans, à la réserve seulement de quelques chambres qui étaient passagèrement occupées par le propriétaire, quand ses affaires ou ses inclinations le conduisaient à visiter cette partie de ses possessions. La résidence habituelle de la famille était une autre maison située dans l'un des comtés qui avoisinent la capitale; et même le digne représentant actuel des honneurs et de l'ancienne hospitalité de Wynne destinait pour des plaisirs plus doux et d'une moindre dépense, une maison de plaisance à dix milles de la ville.

C'était pendant le temps dont nous avons parlé que M. Wynne avait visité le Mérionet, pour la première fois depuis qu'il avait acquis le droit d'abuser de son indépendance. Comme Humphry Challoner était un de ses principaux fermiers, M. Wynne avait appris de lui-même les vues qu'il avait sur son fils pour l'allier à la famille Fluelln, et l'obstacle que ses désirs rencontraient par l'attachement obstiné de William pour une fille, qu'il ne peignait pas de la meilleure réputation.

La fille est-elle belle, dit M. Wynne? le monde dit que oui, reprit Humphry; *mais belle est qui bien fait;* et qu'elle soit belle

ou non, elle n'est pas un parti pour mon
fils ; et, s'il l'épouse, je ne lui donnerai
jamais *un denier.*

Il est probable que M. Wynne ne sous-
crivit pas à la définition que Humphry faisait de la beauté ; il pensait certainement
qu'elle ne perdait aucun de ses attraits en
étant accessible ; et, secouant la main de
Humphry avec une bonté conforme à ses
intentions, il lui dit :

« Allons, allons, bon homme, ne vous
chagrinez pas; si la fille est réellement belle,
je vous garantis que l'on trouvera moyen de
la retirer du chemin de votre fils. C'est un
beau jeune garçon et il doit avoir une femme qui l'avance dans le monde. »

Humphry lui témoigna sa reconnaissance; mais il ajouta : « elle a une mère et
n'en déplaise à votre seigneurie. elle garde
sa fille comme la prunelle de son œil et
ceux qui parviendraient près d'elle sans le
consentement de Madame Morgant, seraient
en vérité bien fins. »

« Soyez sans inquiétude , reprit M.
Wynne, il en est dont l'adresse ne craint
aucune surveillance dans le monde, lorsqu'une fille est jolie. Reposez-vous sur ma
parole; vous ne serez pas long-temps inquiet
sur le compte de cette beauté. »

L'amour du mal n'avait dans le cœur
de M. Wynne nul autre rival que l'amour
du plaisir; ou plutôt c'était peut-être cette
espèce de plaisir , dans lequel il se délectait
le plus. Lorsque le mal était le moyen et
le plaisir le but, il pensait n'avoir rien
de plus à demander à la fortune.

Posséder une jolie fille et être plus rusé
qu'une mère surveillante, lui semblait le
plus haut degré du bonheur et de l'esprit
humain. On ne sera donc pas étonné, si,
par la description que fit Humphry de
Mary et de sa situation, ce jeune héros se
sentit animé pour une action d'une témérité si noble , si le précédent récit et
ce qu'il avait appris des autres sur les charmes de Mary servirent de plus en plus

à le déterminer à une prompte attaque.

Il n'y avait aucune difficulté à voir Mary, et, du moment qu'il l'eût apperçue, il n'eût besoin d'aucun autre motif que sa beauté pour s'affermir irrévocablement dans le dessein qu'il avait formé. Mais voir Mary ou converser avec elle, étaient choses entiè_ rement différentes. On a déjà remarqué que quoiqu'avec William elle fût franche et confiante, avec tout autre homme elle était réservée, et son caractère naturel à cet égard s'était encore fortifié par l'expérience qu'elle avait dernièrement acquise. Elle avait appris à douter d'elle-même, et avait trouvé que la plus grande innocence d'intention ne pouvait pas seule nous préserver de la censure du monde.

Ces sentimens et ces principes cependant n'auraient probablement pas opéré si promptement contre M. Wynne, si sa première attaque eût été faite avec plus de précaution.

La supériorité de son rang empêchait de

soupçonner aucune familiarité de sa part, et les sentimens de Mary à son égard, étant seulement ceux du respect, elle le regardait sans crainte et sans réserve.

Lorsqu'il la vit pour la première fois, il arrêta promptement son cheval, et lui demanda si elle n'était pas la beauté de La-mamon ? elle fit une révérence en rougissant, et répondit avec un sourire : *non ;* n'en déplaise à votre seigneurie.

« Sur mon âme, dit-il en sautant de son cheval, vous l'êtes ! et je dois vous punir, ma jolie petite, pour me dire un mensonge..... »

« N'approchez pas, dit Mary, qui que je sois, je ne suis pas pour vous ! »

M. Wynne voulut la saisir, mais elle l'évita ; et, aussi prompte que la flèche, elle courut à la chaumière, qui n'était qu'à une petite distance.

De ce moment Mary regarda M. Wynne avec dégoût et ressentiment. Elle se trouva offensée, et considéra les libertés qu'il avait

u pouvoir prendre avec elle , comme une
sultante confiance dans la supériorité de
n rang. Elle n'avait, dans ce cas , aucun
soin de conseil: la dignité naturelle d'une
rtu sans tache lui enseigna tout ce que la
lus longue expérience aurait pu faire. Et ,
uoique M. Wynne continuât à se trouver
équemment sur son chemin, il ne put
mais attirer ses regards un seul instant;
ais comme elle s'apperçut qu'il s'arrêtait
ontinuellement autour de la chaumière,
lle quittait à peine les limites du petit jar-
lin , et jamais sans être accompagnée.

Un soir que les jeunes villageois, rassem-
lés sur la pelouse , selon leur coutume,
dansaient devant la porte du presbytère ,
M. Wynne vint à passer ; il avait été à la
poursuite de Mary , et il fut bien aise de la
trouver dans une situation où elle ne pouvait le fuir: il mit aussitôt pied à terre, et
après avoir fait son compliment à M. Ellis,
dont il était bien connu, il resta quelque
temps à observer les danseurs. A la fin d'une

danse, se mêlant familièrement parmi eux
il commença à louer le teint de l'une, le
yeux d'une autre, les dents d'une troisième
ils étaient la plupart, les enfans de ses fer
miers et parurent charmés de la bonne hu
meur et de la condescendance de leur se
gneur.

« Allons, allons, dit-il, il faut que je dans
avec vous, rien ne me réjouit autant qu
cette innocente gaieté. « William, cédez-mo
votre jolie partenaire pour une danse seule
ment; je ne puis pas rester plus long-temps.

« Elle est mienne pour la garder, n'e
déplaise à votre excellence, répondit Wil
liam; mais non pas pour la céder: elle n
dépend que d'elle-même. »

« Venez donc, Mary, dit M. Wynne
je sais que vous ne voudrez pas me refuse
pour une danse. »

« Excusez-moi, Monsieur, dit-elle: j'a
maintenant un danseur; mais voici la pauvr
Sukey-William qui vient justement de per
dre le sien; si c'est la bonté de votre sei
gneurie, elle dansera avec elle. »

Sukey-William joignait à une taille épaisse
et lourde, une large figure abondamment marquée de petite vérole et qui n'avait
autre ornement qu'une grande quantité
cheveux crépus, d'un rouge foncé. La
alicieuse recommandation de Mary frap-
tout le monde d'étonnement, et il s'é-
va un sourire général aux dépens de sa
igneurie. Cette disposition à la gaîté ne
t pas diminuée par la mauvaise grâce et
répugnance avec laquelle M. Wynne
a remplir la tâche que Mary lui avait
iposée. Aussitôt qu'elle fut finie il se hâta
partir ; disant cependant à Mary d'une
ix basse, en passant près d'elle : « le
ur du paiement viendra, ma jolie imper-
nente, et je ne mourrai pas sans vous faire
quitter votre dette. »

Cette menace fut cause que Mary re-
oubla de surveillance pour éviter toute
ssibilité de rencontrer M. Wynne, en
nelqué lieu que ce fut, et sur-tout seule.
es efforts réussirent si bien que depuis

cette soirée, il ne put la voir que de très
loin, pendant tout le séjour qu'il fît encor
dans le pays.

L'impression de la beauté de Mary s'é
tait fortement gravée dans le cœur de M
Wynne. Sa modestie et la distance où elle s
tenait l'avaient empêchée de s'en efface
Il avait résolu d'employer tous les moyer
qui seraient en son pouvoir pour la poss
der. Quelque chose d'un désir de vengea
ce pour le dédain avec lequel elle l'ava
traité, se mêlant à cette forte passion,
était bien déterminé à faire de la poursui
de Mary le principal objet de sa prochain
visite au Mérionet.

CHAPITRE X.

L'HIVER se passait dans les plaisirs et les chagrins ordinaires à nos amans. Si, d'un côté ils continuaient encore à se rencontrer dans la bibliothèque de M. Ellis, ou s'ils trouvaient une heure dans le jour à passer ensemble tête-à-tête dans le berceau, d'un autre côté, Humphry ne diminuait rien de la dureté de sa conduite ni de ses résolutions, non plus que l'active Jenny de sa malicieuse surveillance. Cependant la bonté de M. Ellis se conservait au milieu des passions de ses tendres parens, et il travaillait aussi vivement pour établir l'indépendance et le bonheur de William que sa famille avait de désir de détruire l'un et l'autre.

Les importunités de M. Wynne étaient alors oubliées; et, comme ce n'était pas l'usage de la famille de visiter le comté de Mérionet plus d'une fois en cinq ou six ans, son souvenir fut bientôt banni de l'esprit de Mary.

Cependant l'été approchait, et il était à peine commencé que M. Wynne fit une seconde apparition dans la vallée de Lamamon.

Quoique Mary ne fut nullement satisfaite de ce retour inattendu, elle était loin de l'imputer à aucun attrait de sa part. Les impertinences que M. Wynne s'était permises l'année précédente, étaient regardées par elle comme venant d'un sentiment intime de supériorité qui autorisait ce dernier à dédaigner les égards mutuellement observés entre les égaux. Cette idée seule aurait suffi dans l'âme élevée de Mary pour rendre vaines toutes les espérances que M. Wynne pouvait avoir d'attirer son attention; mais il n'entra jamais dans la tête de Mary que par de telles manières il espérât gagner son cœur; encore moins qu'il pût former le dessein de posséder sa personne sans son affection. Elle imaginait d'ailleurs qu'il trouverait quelqu'autre objet digne de ses inciviles galanteries ; ou que ce qui pourrait lui arriver de pis serait de se confiner encore dans la chaumière pour le peu de semaines qu'il resterait dans le pays ; mais elle vit bientôt combien tout ce raisonnement était mal fondé.

Dès le premier moment que M. Wynne put approcher de Mary, il parut évidemment avoir formé le plan de s'attirer son attention et de tout tenter pour y parvenir.

Il ne garda pas plus long-temps cet air de supériorité, si désagréable à Mary ; au contraire il s'approcha d'elle avec les manières suppliantes d'un amant, qui reconnaissait que sa destinée était entre ses mains.

Mary fut aussi humiliée d'une condescendance qu'elle croyait ne lui être pas due, qu'elle avait été offensée par les grands airs d'une impertinente supériorité, et aussi

empressée à se délivrer de l'une qu'elle l'a-
vait été à se défaire des autres.

En le remerciant de sa bonne opinion,
elle dit franchement à sa seigneurie que ses
affections étaient placées ailleurs et qu'elle
n'avait plus de cœur à donner.

Comme Mary espérait que cet obstacle
aux vœux de M. Wynne, lui paraîtrait
aussi insurmontable qu'à elle-même, ce fut
avec une grande surprise qu'elle observa
qu'il produisait peu d'effet sur lui, et qu'il
continuait ses sollicitations plus vivement
que jamais. Il chercha même à ébranler sa
constance, et entreprit de l'éblouir en dé-
ployant à ses yeux toute l'élégante splendeur dont il pourrait l'entourer. Il montrait
même un confiant espoir qu'elle ne pourrait résister à cette tentation.

Mary n'avait aucun soupçon que toutes
ces richesses ne lui fussent pas offertes
comme à une épouse, et si, d'après cette
idée, elle n'hésitait pas à les refuser,

qu'elle dût être son indignation, lorsqu'elle
s'apperçut des véritables intentions de M.
Wynne, et des conditions auxquelles il
prétendait l'élever à la fortune. C'était, à
la vérité, son ignorance du monde et l'innocence de son cœur qui l'avaient trompée pour un moment, plutôt qu'aucun dessein de M. Wynne; car comme il n'avait
jamais pu penser à faire sa femme de la fille
d'un paysan gallois, il ne s'était pas présenté à son imagination qu'une idée aussi
absurde pût entrer dans la tête d'aucun
autre. Et, si ses expressions n'avaient pas
d'abord été plus claires, c'est qu'il n'imaginait pas qu'il pût y avoir aucun doute sur
ses véritables intentions.

Toute la considération avec laquelle
Mary s'était cru obligée de le traiter,
lorsqu'elle avait imaginé qu'il lui offrait
son cœur et sa main, s'évanouit à l'instant
qu'elle s'apperçut que c'était seulement sa
personne et sa fortune qu'il mettait à
ses pieds.

6 * *

Reprenant aussitôt le dédain et le sar-
casme avec lesquels elle avait repoussé ses
attaques, l'été précédent, elle redevint
inaccessible à toutes les tentatives qu'il fit
pour l'approcher ; ou lorsqu'elle se trouvait contrainte de l'entendre, elle le trai-
tait avec une froideur et un mépris qui
piquaient son orgueil au vif, et ajoutaient
aux impulsions de la passion le stimulant
de la vengeance.

L'étonnement de M. Wynne égala presque son ressentiment ou son amour, lorsqu'il s'apperçut que le traitement qu'il avait
reçu de Mary pendant quelque temps et
dont il avait tiré les pronostics les plus
flatteurs, n'était rien de plus qu'une marque de la civilité avec laquelle Mary se
croyait obligée de rejetter une offre,
qu'elle était néanmoins peu tentée d'accepter, quoique, s'il l'eût réellement faite, elle
eût prouvé dans M. Wynne une passion
peu commune. Il pouvait à peine croire que
l'offre de son nom et de tout ce qu'il pos-

sédait , eût seulement obtenu de Mary la faveur d'un gracieux refus.

Sans espoir maintenant d'intéresser son cœur ou sa vanité, M. Wynne ne renonça pas à sa poursuite ; il se flattait encore qu'il pourrait enlever par la force ou la surprise ce qu'il ne pouvait obtenir comme le don de l'amour ou le sacrifice de l'ambition ; et pendant qu'il concertait des plans plus secrets pour l'accomplissement de ses desseins, il ne cessa pas d'attaquer Mary par des présens , des vœux et des protestations, quelquefois par des railleries sur l'austérité de ses principes , et quelque fois par des sarcasmes sur son amour pour William , qu'il représentait comme indigne de posséder tant de beautés et de déli- catesse. Ses présens étaient renvoyés ; elle était sourde à ses protestations et à ses vœux. Mary répondait à ses railleries avec dédain , avec le calme de la raison qu'elle jugeait convenable d'opposer seul à ses sarcasmes sur William ; elle savait

mettre la vertu de l'un en contraste avec
les vices de l'autre, et même appeler une
subite rougeur sur les joues de M. Wynne,
qui jusqu'alors n'avaient jamais été colo-
rées par cette marque d'une honte ingénue.

Cette conduite de Mary rendait chaque
jour plus violente la passion de M. Wynne,
et irritait son ressentiment. Persuadé maintenant qu'il n'avait rien à espérer de Mary
que ce qu'elle ne pourrait lui refuser, il
était résolu à ne pas perdre un moment
pour prendre les mesures par lesquelles
il pourrait obtenir la possession de sa personne. Il mêlait si peu de tendresse au sentiment qu'il décorait du nom d'amour, qu'il
jouissait d'avance, en se représentant le
désespoir auquel il avait résolu de réduire
l'objet de sa cruelle passion.

Bientôt les intentions de M. Wynne à
l'égard de Mary devinrent le sujet des conversations du voisinage ; il était également
impossible qu'elles pussent échapper à l'attention de William et qu'elles manquassent

d'exciter sa jalousie et son indignation. Plus
d'une fois il avait délivré Mary des fati-
gantes importunités de M. Wynne, lorsqu'elle se trouvait dans la position de ne
pouvoir les éviter ; plus d'une fois il avait
formellement déclaré son opinion à ce dernier sur l'iniquité de ses intentions. William
s'était déclaré le champion de Mary, et depuis lors jamais M. Wynne et lui ne se rencontraient sans échanger quelques regards
ou des paroles menaçantes que leur dic-
taient la haine et la rivalité.

En vain Humphry exerçait son autorité
pour forcer William à une conduite plus
respectueuse envers son seigneur; et les
menaces de M. Wynne lui-même de le
faire repentir de sa témérité, ne servirent
qu'à enflammer son ressentiment et à l'exciter à le montrer plus ouvertement.

Mary qui tremblait également de se voir
exposée aux attaques de M. Wynne ou d'en
être défendue par William, résolut, par
prudence, de se renfermer dans la chau-

mière et d'y attendre, avec autant de patience qu'elle pourrait, que son persécuteur eût quitté le comté de Mérionet.

Les préparatifs de M. Wynne étaient entièrement terminés; mais il vit que c'était en vain qu'il espérait une occasion de les exécuter pendant que Mary serait inquiète et se tiendrait renfermée. Il se détermina à quitter en apparence le Mérionet, de manière à faire croire qu'il n'y voulait jamais revenir.

Quelques jours après le départ de M. Wynne, Mary, entièrement guérie de ses frayeurs, revenait seule à la maison, au retour d'une course qu'elle avait faite avec une de ses compagnes. Son chemin la conduisait près de la grotte chérie, où elle s'était une fois promise de passer tant de jours heureux avec William, et qu'elle n'avait jamais osé visiter depuis le soir infortuné, où elle y avait été surprise par miss Challoner; mais elle savait qu'elle avait continué d'être la retraite favorite de William;

et souvent ils regrettaient ensemble qu'il ne leur fût pas permis de goûter, dans cet asile, le bonheur, qu'ils regardaient comme la suite certaine de leur union, mais qu'ils craignaient que de prudentes considérations ne retardassent trop long-temps.

Comme elle approchait de ce lieu sanctifié par leur amour, elle sentit un grand désir de le revoir encore, de contempler leurs chiffres enlacés et gravés par son amant sur les côtés du rocher.

Mary croyait qu'elle ne pouvoit y rencontrer William; car elle savait qu'il était occupé ce jour-là à quelques distances de Lambeder, et elle ne connaissait aucune autre inconvenance ni aucun danger à s'abandonner au désir ardent de rester quelques instans dans ce lieu si cher à son cœur.

Elle tourna ses pas vers la grotte, s'en approcha, et, voyant qu'il n'y avait personne, elle n'hésita pas à entrer; elle s'assit sur une des pierres qui ressortaient de cha-

6 * * *

que côté du rocher. Regardant autour d'elle,
ses yeux se fixèrent sur l'endroit où elle
savait que William rassemblait encore ses
livres précieux. Elle contempla avec délices
les diverses preuves que les murs de la grotte
portaient de sa passion pour elle. Son nom
adroitement gravé se présentait par-tout à
ses regards. Des stances de tous côtés prou-
vaient l'ardeur et la délicatesse de son
amour. Elles étaient faciles à comprendre
pour Mary, mais elles devaient paraître
à tout autre inintelligibles.

Mary entièrement livrée à ces délices d'un
sentiment qui ne peut être connu que d'un
cœur aussi passionné et aussi innocent que le
sien, oubliant la distance qui la séparait encore du lieu de sa demeure, fut brusquement
tirée de sa rêverie par une soudaine obscurité qui dans un moment remplit la grotte.
Elle regarda vers l'entrée ne s'attendant à
voir que quelqu'animal égaré qui venait
partager cet asile avec elle ; mais quelle
fut sa surprise et son allarme lorsqu'elle

apperçut M. Wynne. Elle se leva précipitamment espérant s'élancer hors de la grotte et prendre son vol jusqu'au bas de la montagne ; mais cet espoir fut vain. M. Wynne la prit dans ses bras.

« Au-delà de mon attente ! au-delà de toutes mes espérances , s'écria-t-il. Maintenant, maintenant, ma petite, vous paierez pour toutes vos froideurs , pour tous vos sarcasmes. Point de refus , point de résistance , ajouta-t-il. Je pense que je ne suis pas la personne que vous attendiez , mais vous n'aurez aucune raison de vous plaindre de ce contre-temps. »

« Laissez-moi aller , dit Mary , le repoussant avec indignation , laissez-moi aller ; je n'attendais personne ici , et vous êtes de tout votre sexe, celui que j'y peux voir avec le plus de déplaisir. »

« Nous serons meilleurs amis , avant notre départ , dit M. Wynne. »

« Plutôt éternels ennemis ! » s'écria Mary, redoublant en vain ses efforts pour lui échapper.

Les cris, les prières, le désespoir de
la pauvre victime auraient été inutiles, si
la providence n'eût envoyé son bien-aimé
William à son secours. Le hasard l'avait
amené à l'entrée de la grotte : aux cris de
Mary il s'élança dedans, et, au même moment, portant un coup à M. Wynne, il
l'étendit à ses pieds.

« Lâche ! coquin ! s'écria M. Wynne. »

« Un coquin, un lâche, riposta William,
est celui qui opprime l'innocence, et non
celui qui la défend. »

« Ma chère Mary ! mon amour ! mon
plus cher amour ! ne soyez pas allarmée,
vous êtes sauvée ! ces bras, s'écria-t-il, en
l'embrassant, sont maintenant et seront toujours votre sauve-garde. »

Mary tremblante et presqu'évanouie, se
laissa, sans résistance, presser un instant
sur le cœur de William ; mais revenant à
elle, elle s'écria, en pleurant : « oh ! laissez-
moi aller, laissez-moi sortir pour toujours
de cette fatale grotte, préparée sûrement
pour mon malheur. »

« Je veux aller avec vous, dit William (sans faire aucune attention à la rage impuissante et aux menaces inutiles de M. Wynne) et tant que vous serez avec moi, vous n'aurez aucun mal à craindre. »

En disant ces mots et passant un bras autour de la taille de Mary, il donna de l'autre une violente secousse à M. Wynne, qui dans ce moment, se relevait et semblait vouloir lui porter un coup. Il s'élança hors de la grotte avec sa chère Mary, remportant le prix de son courage, sans avoir été atteint par son rival.

CHAPITRE XI.

Rien ne pouvait être plus humiliant que l'état dans lequel William laissa M. Wynne. Découvert au moment de commettre l'action la plus basse qui puisse dégrader l'homme, M. Wynne se trouvait également sans moyens d'excuser sa lâcheté ou de se plaindre du châtiment qu'elle lui avait attiré.

En force phisique le gentil-homme n'était nullement un adversaire redoutable pour le jeune paysan ; et, si ce n'est dans le premier moment de sa rage, M. Wynne aurait cru s'avilir par un semblable démêlé. Les moyens de vengeance, qui mettent sur le même rang le fort et le foible, étaient ici tout-à-fait inconvenans. Le fier M. Wynne aurait dédaigné

de tirer l'épée contre le fils de son fermier ; mais il avait médité, sans aucun scrupule, de l'offenser d'une maniere plus cruelle que s'il lui eût percé le sein.

La correction du fouet de poste venait
fortement à l'esprit de M. Wynne, mais il
ne pouai t se flatter de trouver le temps et
le moyen de l'infliger ; ou s'il y parvenait,
de ne pas éprouver le même traitement
de la part de William, dans un pays où
les lois sont les mêmes pour les accusés de
tout rang. Il pensait qu'il publierait, par-
là, sa propre infamie, qui ferait plus d'honneur à William que toutes les correc-
tions qu'il parviendrait à lui infliger ne
pourraient lui faire de tort. M. Wynne
avait vraiment plusieurs raisons pour ne
provoquer aucune recherche publique sur
les circonstances qui lui avaient attiré la
colère de William : et son désir du secret
était égal à ses vœux pour la vengeance.

Son apparition imprévue à la grotte avait
été causée par le désir d'exécuter ses

desseins sur Mary. Le soleil levant devait les voir s'accomplir le lendemain. Il savait que lorsqu'elle n'était pas retenue à la chaumière par la crainte qu'il lui causait, elle traversait tous les jours, de grand matin, la partie de la vallée de Lamamon qui conduisait directement sur le sommet de la montagne, où la grotte était située. Cette grotte était bien connue de M. Wynne: il avait résolu de s'y placer avec trois hommes dont il était sûr; d'y passer la nuit dans le dessein de fondre de cette retraite, sur Mary, et de l'enlever, avant même qu'elle pût s'appercevoir du danger.

C'était dans l'intention de s'assurer lui-même si les lieux étaient bien convenables à ses desseins, que M. Wynne était venu là, à une heure où il croyait éviter d'être apperçu. Mais la présence inespérée de Mary avait offert à son imagination un moyen plus prompt et plus certain pour l'accomplissement de ses vœux; et sans doute rien au monde ne pouvait garantir la pauvre

Mary de sa perte, que l'arrivée inattendue de William. Non seulement elle enlevait à M. Wynne le prix de sa ruse, au moment qu'il le croyait certain et au-dessus du pouvoir de la fortune, mais encore elle détruisait toute espérance pour l'avenir. Il était maintenant assuré que Mary reprendrait toutes ses précautions et que les circonstances qu'elle regardait comme les plus infortunées de toute sa vie, étaient celles où elle avait eu besoin de secours, pour être délivrée d'un malheur certain, si ce secours avait été différé de quelques momens.

Furieux de ce contre-temps et vivement irrité par les circonstances qui l'avaient suivi, M. Wynne à l'instant tourna ses pas vers la ferme de Lambeder. Il avait résolu, s'il ne pouvait faire de Humphry Challoner l'instrument de la vengeance qu'il méditait contre son fils, d'envelopper toute la famille dans les suites de cette vengeance. Toutefois il s'épargna cette injustice *additionnelle*, qu'il avait si profondément méditée ; car il

trouva Humphry plus disposé à seconder
ses vœux qu'il ne l'eût été sans doute,
si l'histoire avait été racontée avec plus
d'exactitude et de vérité que M. Wynne
ne jugea convenable d'y en mettre.

Il feignit d'avoir rencontré, par hasard,
Mary dans la grotte, où il assurait qu'il
n'y avait aucun doute qu'elle eût donné
un rendez-vous à William. Ayant pris lui-
même, disait-il, la liberté de lui dérober
un baiser, il avait été assailli de coups par
William, qui de plus l'avait insulté par le
langage le plus outrageant. Humphry ne
pouvait découvrir aucune circonstance qui
pût le conduire à penser qu'il s'écartait
de la tendresse paternelle, en promettant
à son seigneur de se charger de la punition
que méritaient tant de violence et un tel
manque de respect.

M. Wynne insista pour que William fût
à l'instant chassé du pays et que son retour
n'y fût toléré qu'après que lui-même aurait
disposé du sort de Mary; car permettre

qu'ils continuassent à se voir était faire triompher l'insolence et la désobéissance.

Il déclara, avec chaleur, qu'une éternelle barrière mise à l'union de William et de Mary, pouvait seule être regardée comme une réparation des insultes qu'il avait reçues.

Sous ces conditions, il promettait de ne pas retirer sa faveur au reste de la famille, ni de chercher à châtier William plus fortement.

Toute mesure qui rompait efficacement les communications de William et de Mary était trop favorable aux vœux de Humphry pour ne pas recevoir de sa part un prompt acquiescement. Et s'il hésitait encore à éloigner de lui son fils, c'était seulement par la crainte qu'il ne pût trouver quelque moyen de devenir indépendant, et que, par son absence, tout espoir d'entretenir l'intimité avec la famille Fluellin ne fût perdu. Néanmoins pour cultiver cette intimité avec quelques bons effets, Humphry était maintenant convaincu qu'il

était d'abord nécessaire de faire oublier
Mary à William, mais que cela était tout-
à-fait impossible tant qu'il serait en leur
pouvoir d'être constamment ensemble.

Par ces raisons, Humphry avait déjà
projeté d'éloigner William, même avant
qu'il eût reçu les plaintes de M. Wynne;
et les circonstances paraissaient maintenant
trop pressantes pour souffrir un plus long
délai.

Cette affaire pourtant exigeait quelques
ménagemens; il était nécessaire sur-tout de
tromper William sur les raisons de son
éloignement et sur la durée de son absence.
Mais, comme M. Wynne avait décidé que
Mary et William ne se reverraient plus,
Humphry fut obligé de consentir à ce que
celui-ci partît dès le lendemain matin, et
de s'en rapporter aux moyens qui se pré-
senteraient à l'avenir pour prolonger son
absence et pour le placer dans une situation dont il ne put tirer aucun avantage
personnel.

M. Wynne ayant reçu de Humphry les assurances réitérées que le soleil du matin verrait William loin de la vallée de La-mamon, se retira le cœur tout satisfait du succès de ses efforts pour détruire les espérances de deux innocens sans protection, et avec la joie cruelle de la certitude d'une vengeance tout-à-la-fois sûre et secrète.

Pendant que l'on tramait ce complot destructif du bonheur des deux amans, William avait conduit à son humble chaumière Mary, baignée de larmes.

Avec autant d'indignation que de honte, Mary avait confessé à Éléonore, l'insulte à laquelle elle avait été exposée, et William avait expliqué la cause de sa soudaine et heureuse apparition à la grotte.

Quoiqu'Éléonore ne pût prendre sur elle de réprimander Mary pour une imprudence dont celle-ci était si sévèrement punie, elle ne put néanmoins cacher la douleur dont son âme fut remplie. Elle vit la réputation de sa chère enfant à la merci

de la méchanceté irritée de M. Wynne, et
elle vit les conséquences les plus allarman-
tes de la vengeance avec laquelle elle ne doutait pas qu'il ne poursuivît William. Plus
William paraissait les braver, plus elle les
craignait. Cependant Éléonore ne pouvait
pas lui donner le conseil de la soumission
et de la patience, dans un cas où la résistance était honorable et la patience un
crime.

« Pourquoi, dit William, l'innocent
pourrait-il craindre le coupable ? »

« Parce que le coupable, reprit Éléonore, prendra tels moyens pour ruiner
l'innocence, dont elle ne voudrait pas faire
usage, même pour sa défense. »

« M. Wynne n'aura pas la hardiesse de
raconter une semblable histoire dans le
monde, dit William. »

« Mais il en dira une beaucoup plus
injurieuse à votre réputation et à celle de
Mary, répliqua Éléonore, et le monde le
croira. »

« Et moi, s'écria Mary, tordant ses mains avec désespoir, je suis la cause de tout cela ! je supporterais la perte de ma propre réputation, quelque dur que je puisse le trouver ! mais si j'ai attiré sur vous le malheur...... Elle ne put en dire davantage. »

« Je ne connais aucun malheur que d'être séparé de vous, dit William ; soyez ma femme demain matin. Et qui donc me blâmera de prendre courageusement la défense de ma femme ? »

« Non, non jamais, s'écria Mary : disgrâce et malheur sont mon partage. »

Éléonore s'interposa et dit : « Nous n'avons besoin de prendre aucune mesure prompte : voyons comment M. Wynne agira, et nous pourrons mieux décider ce que nous devons faire. »

Éléonore pressait William de se retirer, et Mary, affligée, humiliée, se sentait contrainte en sa présence. Mais William ne savait comment la quitter et ne la croyait en sûreté que lorsqu'il était près d'elle. La douleur dont elle était accablée s'était communiquée à son esprit.

Enfin, après des adieux réitérés et l'assurance qu'il la verrait de bonne heure dans la matinée, il s'arracha d'auprès d'elle : il ne s'en alla pas cependant sans tâcher de faire entrer dans l'âme de sa chère Mary une espérance qui n'était point dans la sienne :

« Ce que M. Wynne peut faire de plus sage, dit-il c'est de quitter le pays et de ne pas nous troubler davantage. Il est probable qu'il prendra ce parti. Alors, ma chère Mary, le bien naîtra du mal. »

Après ces mots de consolation William partit. Eléonore s'efforça d'inspirer à Mary l'espoir qu'il faisait naître; mais Mary ne pouvait être consolée. Le mal qu'elle croyait avoir attiré sur William pesait sur son cœur. Sans souper et les yeux gonflés, elle se mit au lit.

William, de son côté, se hâtait d'arriver

à la maison , ne doutant pas que M. Wynne n'y eut été avant lui et cherchant dans son esprit quelques moyens propres à éloigner l'orage qu'il avait dû attirer à Lambeder ; mais lorsqu'il vit que tout était calme, il commença à espérer que M. Wynne avait plutôt consulté l'intérêt de sa réputation que son desir de vengeance. Cependant il crut nécessaire de se mettre en garde contre sa méchanceté secrette , pensant qu'il n'y avait rien à craindre de son ressentiment ouvert.

Animé par l'idée de la consolation qu'une telle conduite de la part de M. Wynne apporterait à sa bien-aimée Mary, William entendit son père avec moins de chagrin qu'il n'eût fait sans cela , lui présenter la nécessité de partir de bonne heure, le lendemain matin, pour le comté de Caernavon afin de transiger sur quelques affaires entre lui et un de leurs parens, avec lequel Humphry avait des intérêts très-considérables.

Humphry dit à William que son absence

ne pouvait être longue. Il prévint ainsi
de sa part toute répugnance à ce voyage,
et l'empêcha de considérer comme important qu'il vît Mary avant son départ.

William se prépara donc gaiement à
obéir à son père, étant porté à croire que
son absence n'était pas un malheur dans les
circonstances présentes, puisqu'elle pouvait naturellement tendre à confirmer M.
Wynne dans ses intentions pacifiques; et
i' tâcha de se persuader à lui-même que
la vigilance de Mary la préserverait de
toute insulte à l'avenir.

William cependant ne quitta pas Lambeder avant d'avoir trouvé le moyen d'informer Mary de son dépar et de lui assurer qu'il serait bientôt de retour. Il ne
manqua pas de la consoler par la probabilité qu'il n'entendrait plus parler de
M. Wynne.

Cette consolation arriva à temps pour
la pauvre Mary. Éléonore s'était levée avec
le soleil et s'était hâtée de communiquer à

M. Ellis le fâcheux événement de la soirée
précédente.

M. Ellis avait été si fortement frappé
des suites qu'il aurait probablement pour
les deux amans, que cette conversation
avait plutôt servi à augmenter qu'à diminuer les craintes d'Éléonore.

Mary était plongée dans une profonde
méditation, s'accusant elle-même comme la
plus imprudente et la plus coupable de
son sexe, et torturant vainement son imagination pour trouver un moyen d'éloigner
les maux qui menaçaient William, lorsque
son petit billet arriva. Par l'idée de sa
sûreté, elle perdit celle de son absence,
et, joignant les mains, elle s'écria : «
Dieu merci, il est parti ! et maintenant
M. Wynne peut faire tout le mal qu'il
voudra. »

Éléonore partagea sa joie, et alla peu
après dans le voisinage, pour découvrir,
s'il était possible, jusqu'à quel point l'aventure de la veille avait transpiré. Tout était

7 **

silence, et après quelques jours d'incertitude et d'anxiété, les craintes d'Éléonore et de Mary diminuèrent insensiblement. Elles commencèrent à se persuader que M. Wynne abandonnerait une vengeance qu'il ne pouvait se procurer qu'aux dépens de sa réputation.

Rien cependant ne pouvait être plus éloigné de la pensée de M. Wynne qu'une telle tolérance. Il avait déjà commencé à se venger sur William, et il était décidé plus que jamais à se rendre maître du sort de Mary. Il ne doutait pas que quand elle ne verrait aucun effet immédiat de son ressentiment, et qu'il ne paraîtrait plus dans les montagnes de Lamamon, elle reprendrait dans peu de jours ses habitudes ordinaires, et qu'après, elle ne manquerait pas de tomber dans ses filets.

Dans cet espoir, il se tenait toujours prêt à l'enlever au moment que la fortune pourrait lui en présenter une occasion favorable, et il restait lui-même si bien caché

que sa présence dans le pays n'était soup-
çonnée de personne.

Cependant , lorsque Mary réfléchissait
à son apparition soudaine à la grotte, dans
un temps où il avait pris soin de dire et
de faire croire qu'il avait quitté le comté
de Mérionet , elle ne pouvait imputer ces
contradictions entre sa conduite et sa dé-
claration , qu'à quelque dessein dont elle
était l'objet. M. Ellis et Éléonore fortifiaient
ses soupçons par les leurs , et la méfiance
de Mary était encore augmentée par toutes
les circonstances à l'aide desquelles M.
Wynne avait espéré la mettre en pleine
sécurité.

Mary était peu disposée à croire que
M. Wynne eût assez de bon sens ou un
assez bon caractère pour se soumettre pai-
siblement à un châtiment qu'il devait cependant croire avoir si bien mérité; et sa
patience apparente , sur l'insulte qu'il avait
reçue , ne servit qu'à persuader à Mary

qu'il méditait une vengeance plus réelle et
plus sûre.

D'après ces réflexions, elle prit de nouveau la résolution de ne pas sortir seule
de la chaumière. Tels étaient sa frayeur
et son abattement, occasionnés par toutes
ces fâcheuses circonstances et par l'absence
prolongée de William, qu'elle n'avait aucun
désir de quitter son humble toît où elle
s'occupait des soins de chaque jour. Elle
ne se trouvait plus en sûreté un instant
qu'elle ne fût sous les yeux d'Éléonore.

CHAPITRE XII.

Plus d'un mois s'était écoulé depuis que
Mary se tenait de nouveau renfermée, et
aucun évènement n'étant venu depuis exciter
ses alarmes, sa frayeur et sa vigilance commençaient à diminuer. William, cependant,
n'était pas encore de retour, et elle n'en
avait eu aucune nouvelle. L'espoir d'acquérir quelques lumières, sur des circonstances
si importantes pour elle, l'engagea à revoir
ses compagnes ordinaires et sur-tout à tâcher de renouveler ses anciennes liaisons
avec miss Challoner. Par ces motifs, Mary
se laissait conduire à certaines distances de
la chaumière, et il en arrivait qu'elle s'y
trouvait, par hasard, quelque fois seule.

Les espions de M. Wynne ne manquè-
rent pas de lui en donner un prompt avertissement ; et de nouveaux filets furent
tendus.

Mary avait promis de joindre une de
ses amies, un matin, de bonne heure, à
l'entrée de la vallée, dans l'intention de
l'accompagner à une partie où miss Challoner devait se trouver. Cette promesse
avait été faite en présence d'un agent de
M. Wynne. Une prompte connaissance lui
en avait été donnée, et il croyait maintenant sa vengeance assurée.

Mary s'était levée aussitôt que l'alouette
et avec l'esprit plus gai qu'elle ne l'avait eu
depuis long-temps. Elle s'élance de la chaumière et s'avance dans la vallée. Elle n'a-
vait pas encore atteint le presbytère, lorsqu'elle fut rencontrée par un domestique
de M. Ellis, qui effrayé et hors d'haleine,
venait en toute hâte chercher et les conseils
et les secours d'Éléonore : M. Ellis, ayant un
moment avant, glissé en descendant l'escalier, était tombé et s'était cassé la jambe.

Mary oublia dans l'instant ses engagemens, le plaisir qu'elle s'était proposé et
les nouvelles qu'elle avait espéré d'appren

dre sur William; elle se rendit prompte-ment au presbytère et pendant ce temps envoya le domestique pour hâter l'arrivée d'Éléonore et prier Richard de sortir à l'instant pour chercher un chirurgien. La fracture était grave et dangereuse; ses suites occasionnèrent une fièvre qui conduisit M. Ellis aux bords du tombeau.

Mary ne quittait jamais le bord de son lit pendant le jour, et combattit vivement pour qu'il lui fût permis de veiller la nuit près de lui. Quoiqu'on eût refusé de le lui accorder, elle s'établit dans le presbytère, où elle couchait sur un petit grabat, dans le parloir, d'où elle pouvait entendre le moindre bruit qui venait de la chambre au dessus, où M. Ellis était couché.

M. Ellis fut malade et retenu au lit plus de deux mois, pendant lesquels Mary ne sortit du presbytère que pour remplir ses devoirs indispensables dans la chaumière. M. Wynne informé de ces circonstances et de la probabilité que ses soins pour

7 ***

M. Ellis pourraient continuer encore long-
temps, sentit sa patience épuisée.

Fatigué de la vie obscure et désagréable qu'il menait, il abandonna sa poursuite
et s'éloigna du Mérionet. Cependant il
pensait encore que, dans l'avenir, il pourrait accomplir par un coup de main ce
qu'il n'avait pû exécuter par stratagême,
et il se consolait par la pensée que s'il ne
pouvait posséder Mary, il avait au moins
réussi à la séparer de William.

Mary voyait maintenant qu'il n'était pas
vraisemblable que cette séparation se ter-
minât bientôt. Enfin, elle avait reçu une
lettre de William. Il lui avait écrit plus
d'une fois ; mais voyant qu'il ne recevait aucune réponse à ses lettres, il en conclut
que son père avait trouvé moyen de les
intercepter. Pour éviter cet inconvénient,
cette fois il enferma sa lettre sous le cou-
vert de M. Ellis.

Cette lettre était datée d'Irlande, où il disait à Mary qu'il avait été envoyé sous pré-

texte d'affaires de quelqu'importance; mais qu'il ne trouvait employé à des choses d'une nature trop frivole; et qu'il semblait que les gens auxquels il avait affaire, bien loin de lui donner aucune satisfaction, lui rendaient, au contraire, la vie aussi dure que possible. Son père trouvait chaque jour de nouvelles raisons pour le tenir éloigné. Il ne pouvait s'empêcher de croire qu'il n'y eût un dessein dans tout cela, et il commençait à soupçonner que M. Wynne était la cause de son exil.

Ces soupçons ranimèrent toutes les précautions de Mary, que les exhortations de M. Ellis rendirent encore plus actives. Mais il la consolait de l'absence de William, en lui représentant que s'ils devaient éprouver les effets de la vengeance de M. Wynne, ce ne pouvait être sous une forme plus douce; que William aurait atteint dans peu de mois, le droit de disposer de lui-même; que jusqu'à ce moment, il était plus sûr de vivre séparés.

Le cœur de Mary présentait de douces remontrances contre ces prudentes considérations ; mais, comme elle ne pouvait mettre fin aux peines de l'absence, elle s'efforçait de les alléger en se soumettant au pouvoir de la raison, et dans les lettres pleines de tendresse qu'elle écrivait à William, elle ne témoignait d'autre inquiétude que le chagrin que lui donnait son éloignement.

Elle continuait ses attentions envers M. Ellis avec une tendre sollicitude. Il pouvait alors être transporté dans la bibliothèque, et Mary, près de lui à tous les instans, écoutait avec délices sa conversation, on lui faisait la lecture ; ce qui était encore une occupation plus de son goût. Par ces conversations et ces lectures, l'esprit de Mary devint chaque jour plus développé, son raisonnement plus juste et ses idées plus distinctes. Sa correspondance avec William ne contribua pas peu au même résultat : elle lui communiquait le sujet de ses lec-

tures avec M. Ellis, y ajoutait ses obser-
vations et ses doutes. Par ce moyen elle
parvint à écrire avec facilité et élégance.
William recevait de ses lettres, non seulement avec la satisfaction qui résulte de la
communication d'une ardente et mutuelle
affection, mais encore avec ce plaisir si
convenable à son esprit qu'accompagne et
augmente l'instruction.

Ainsi l'été se passait sans qu'il y eut aucune probabilité du retour de William.

M. Ellis pouvait alors marcher avec un
bâton, et quelquefois aidé du bras de Mary, il s'aventurait au-delà des limites de
son petit jardin, pour gagner un siège qui
autrefois avait été le repos favori de mistriss
Ellis.

Elle y avait planté une grande quantité
de rosiers et de chèvre-feuilles; ces agréables arbustes formaient un petit berceaus
retraite convenable aux entretiens de l'amitié et aux confidences de l'amour. Il était
placé sur une éminence de verdure, prè
d'un roc au fond duquel coulait un lim

pide ruisseau, et il était mis à l'abri de
tout vent et de tout importun par des rocs
escarpés, qui s'élevaient rapidement de
chaque côté. Sa seule entrée était défendue par une si prodigieuse quantité d'arbustes à fleurs que l'on ne pouvait y pénétrer
que par un sentier étroit et tortueux. Ce
lieu, en apparence si retiré du monde,
était situé non loin de la route qui traverse
la vallée de Lamamon, d'où il eût été facilement apperçu, s'il n'eût été aussi soigneusement garanti. De petits intervalles à travers les branches des arbres laissaient la
vue des objets qui, de temps en temps,
passaient sur la route, située au dessous.
Mary qui avait beaucoup de cette curiosité si naturelle au jeune âge et dont les
dispositions la conduisaient plutôt à la société qu'à la solitude, pour faciliter la vue,
avait retiré en arrière plusieurs branches
des arbres ; et souvent elle détachait ses
yeux de son livre pour annoncer à M.
Ellis les merveilles qui venaient apparaître
sur le grand chemin.

CHAPITRE XIII.

Un jour que Mary était assise près de M. Ellis, dans ce lieu retiré, occuppée à lui lire quelques pages d'histoire, elle levait les yeux dans l'intention de voir ce qui se passait, lorsqu'elle fut frappée d'un spectacle qu'elle n'avait jamais vu jusqu'a-lors; elle s'écria avec vivacité : « Regardez, regardez, Monsieur, avez-vous jamais vu un si bel équipage, tant de domestiques, de si belles livrées? Oh! je désire qu'ils s'arrê-tent pour les voir mieux. »

Comme s'ils obéissaient à sa volonté, toute la cavalcade s'arrêta et sembla se con-sulter; et à la grande surprise de M. Ellis et de Mary, ils la virent quitter la grande route et entrer dans le chemin étroit qui conduit seulement à Lamamon, et dont le sol raboteux n'avait jamais été marqué par un train aussi splendide.

« Qui peut amener de tels voyageurs à la vallée de Lamamon, dit M. Ellis ?»

« Il faut, Monsieur, dit Mary, que ce soient quelques-uns de vos anciens amis qui viennent vous voir. »

« Plutôt, Mary, reprit M. Ellis; il n'y a personne qui me croye digne d'une telle visite. Je suppose que la curiosité de voir nos rochers et nos montagnes les a amenés. »

« Cher Monsieur, s'écria Mary, croyez-vous qu'ils passent à travers la vallée ? »

« Il le faut maintenant, dit M. Ellis, puisqu'ils retourneraient difficilement jusqu'à ce qu'ils aient passé au-delà du village. »

« Je pourrai donc les voir aussi bien que possible du petit berceau de notre jardin, dit Mary ? »

« Cher Monsieur, si vous croyez que vous puissiez rester seul un instant, je serai de retour dans un moment. »

« Oh! oui, je vous prie, allez, dit M. Ellis souriant, je n'aurai besoin de rien, et je ne voudrais pas vous priver de voir ce que vraisemblablement vous n'aurez aucune occasion de revoir. »

Mary partit comme la flèche lancée par l'arc, et, arrivant presque hors d'haleine à la chaumière, elle éprouva une nouvelle surprise en voyant un des élégans laquais qui avaient si fort attiré son attention, frapper à la porte avec le manche de son fouet. L'appercevant, il se retourna ; et, s'adressant à elle avec l'aisance de la supériorité : « ma chère petite, pourriez-vous me dire si M. et Mme Morgant de meurent ici ? »

Avant que Mary pût répondre, Éléonore ouvrit la porte et dit qu'elle était Madame Morgant.

« Mylady, Lady Caroline Seabright désire vous voir, Madame, répondit-il avec beaucoup d'égard ; elle est dans sa voiture à une petite distance d'ici ; mais elle est réellement si effrayée de cet horrible chemin, qu'elle n'ose aller plus loin. Voudriez-vous avoir la bonté d'aller jusqu'à elle. »

Mary observa qu'Éléonore pâlît en entendant prononcer le nom de lady Caroline; le désordre et l'abattement qui parurent dans sa contenance, étaient un nouveau sujet d'étonnement pour Mary. Le nom de lady Caroline lui était bien connu, et elle imaginait qu'Éléonore aurait été bien aise d'entendre qu'elle était existante et si près d'elle.

« Qu'il est heureux, ma chère mère, dit Mary, que lady Caroline soit arrivée bien portante en Angleterre, après une aussi longue absence ! »

« Oui, oui, s'écria Éléonore en s'efforçant de se remettre, j'espère que c'est très-heureux ! Je vais à elle tout de suite ; et vous, Mary, cueillez quelques fruits. Peut-être pourrai-je obtenir de sa seigneurie qu'elle se repose un moment dans la chaumière. »

« Lady Caroline est bien bonne de venir

insi vous voir, ma chère mère, » dit Mary
en sortant pour faire ce qui lui était ordonné. Éléonore rappelant tout son courage,
suivit le domestique de lady Caroline.

Mary en cueillant les fruits se rappela
la situation dans laquelle M. Ellis était resté ;
et, comme il n'y avait aucunes considérations sur la terre auxquelles elle voulût sacrifier ses soins, elle posa la corbeille et
fut promptement à la place où il était assis.

« Qui l'aurait pensé, mon cher Monsieur,
dit-elle en approchant, que ce carrosse ap-
partînt à lady Caroline Seabright, l'ancienne
amie de ma mère, comme vous savez ? ma
mère croyait qu'elle était morte ; mais elle
est heureusement vivante et elle vient dans
le pays de Galles pour voir ma mère ; ce
qui est très-bon de sa part. »

« Comme il faut que je retourne cueillir
des fruits et faire tout ce que je pourrai
pour l'obliger, je suis d'abord venue vous
aider à retourner à la maison ; ou bien,
si vous aimez mieux rester ici plus long-
temps, je reviendrai bientôt. »

· « Je suis très-aise d'entendre ce que vous
me dites ; votre mère en sera fort con-
tente, dit M. Ellis ; donnez-moi votre bras,
et j'irai boitant à la maison aussi vîte que
je pourrai, afin que vous alliez vous pré-
parer à recevoir lady Caroline. »

M. Ellis s'appuyant sur le bras de Mary,
fut aussi vîte que possible au presbytère.
Mary jasait tout le long du chemin de la
grande bonté de lady Caroline et du plaisir
qu'elle était sûre que sa mère éprouverait,
malgré que la surprise lui eût d'abord donné
l'air tout-à-fait fâché.

Mary ayant conduit M. Ellis dans son
parloir alla promptement à la chaumière
cueillir des fruits, et retourna d'un pas léger
vers la maison, impatiente de montrer son
attention et sa reconnaissance envers la
protectrice de sa mère. Comme elle entrait,
elle entendit quelques personnes s'écrier :
« Où peut-elle être allée ? il me tarde de
l'embrasser. »

« Mary, criait Éléonore d'une voix alté-

réc, où êtes-vous? venez ici, venez aux
genoux de lady Caroline. Ne soyez pas surprise ; ne soyez pas allarmée ; elle est, elle
est en vérité votre mère. »

« Ma mère! dit Mary, ma mère!» et
elle tomba sur la terre sans sentiment.

Sûrement c'est de joie, dit lady Caroline, pendant qu'Éléonore allarmée d'une
émotion si inattendue et si peu ordinaire
à Mary, était occupée à tâcher de rappeler
ses sens.

Mary ouvrant les yeux, les arrêta un
moment sur lady Caroline et entourant
Éléonore de ses bras, « oh! ma mère, ma
chère mère! s'écria-t-elle, est-il donc bien
vrai que vous ne soyez pas ma mère? »

« Ma chère Mary, dit Eléonore, un sort
plus heureux vous attend ; vous voyez là
une meilleure mère »

« Une meilleure mère! ah! cela n'est pas
possible ! »

« Au moins, dit lady Caroline, d'un ton
un peu piqué, j'espère que je serai aussi

bonne. Mon pouvoir pour l'être sera beaucoup plus grand. Regardez-moi, Mary,
vous ne savez pas combien je veux vous
aimer. »

« Pas plus, dit Éléonore, je veux m'engager pour elle, pas plus que Miss Seabright
ne vous aimera. Vous pouvez juger par son
affection pour ceux qui ne sont pas ses parens, combien elle aura de tendresse pour
vous. »

« Il faut que vous m'aimiez aussi, dit
un Monsieur qui était présent, mais qui
n'avait pas encore parlé; il faut aimer votre
père. »

Mary leva les yeux languissamment vers
lui. Il lui prit la main et passant son bras
autour d'elle,

« Vous êtes belle comme un ange, mon
amour, ajouta-t-il, et vous ne pouvez imaginer combien nous vous aimerons, ni combien vous serez heureuse ! »

« Oui, dit lady Caroline, en l'embrassant, quand vous serez un peu revenue de

votre surprise , vous vous trouverez vous-
même la plus heureuse du monde , et notre
tendresse pour vous ne connaîtra pas de
bornes. »

« Et vous aimerez William aussi , dit
Mary ?

« William! William! cria lady Caroline,
Mon Dieu! qu'ai-je entendu , et de qui parle-
t-elle ? »

« Miss Seabright ne ferait-elle pas mieux
de prendre un peu de temps pour se recueillir seule ? Madame , dit Éléonore : à
peine elle peut à présent croire ce qu'elle
voit , et tous ses sens doivent être entièrement troublés. Si vous vouliez-bien lui
permettre d'aller un peu à l'air , dans quelques instans elle serait plus capable de
comprendre l'heureux changement de sa
fortune. »

« Il est très-vrai qu'elle sera mieux , dit
lady Caroline. Mais , ma chère Mary , con-
noissez-vous ceux qui vous parlent ? Sir
James Seabright est votre père , je suis
lady Caroline Seabright , votre mere; le

Comte de L..... était votre grand père..
J'espère que nous vous trouverons digne
de tels ayeux.

« Je fus forcée de vous laisser encore enfant aux soins de cette bonne Éléonore;
pour accompaguer votre père dans l'Inde,
car alors il n'était ni riche, ni baronnet..
Maintenant il est l'un et l'autre, et vous
êtes notre seule enfant. Hélas ! nous avons
perdu deux garçons. Nous sommes revenus,
pour nous établir en Angleterre : nous avons
résolu de vous chercher, de vous rendre
riche et heureuse.

Je crains seulement que votre petite cer-
velle ne tourne, d'une bonne fortune aussi
miraculeuse ! »

Sir James, observant que Mary prêtait
l'oreille à ce discours, les yeux fixés sur
la terre, et, dans un profond silence, dit :
« un autre temps sera meilleur pour toutes
ces choses : elle les comprendra mieux.
Présentement je suis sûr qu'elle désire avoir
le temps de se remettre et de rappeler ses

esprits. Allez , mon amour , allez prendre
l'air. »

« Oni , allez , dit lady Caroline , prome-
nez-vous vers la voiture, vous verrez qu'elle
est très-belle ; vous ne pouvez avoir rien
vu de semblable jusqu'à présent ; mainte
nant elle vous appartient. Ainsi , allez la
voir , cela vous fera plaisir. »

Mary sortit , mais elle n'alla pas plus
loin que la porte ; se laissant tomber sur
un banc qui était près de la maison, elle
resta la tête penchée sur ses mains, sans
qu'elle fît attention aux larmes qui coulaient
le long de ses joues. La confusion de son
esprit et l'oppression de son cœur étaient
si grandes, qu'elle pouvait à peine respirer
ou penser.

Éléonore avait proposé à Mary de sortir ,
moins comme un soulagement pour elle que
pour avoir l'occasion d'expliquer à lady Caroline et à sir James, qui de leur côté
étaient également empressés d'être instruits ;

Tome I.   8

quel était ce William qui semblait occuper
si fort le cœur de leur fille.

Éléonore ne leur laissa ignorer aucunes
particularités de cette liaison; elle leur raconta les difficultés qu'elle avait rencon-
trées, et la part qu'elle avait prise dans
cette affaire.

« Vous auriez dû l'étrangler plutôt que
de souffrir qu'elle formât une telle liaison,
dit lady Caroline avec emportement. Si
vous lui eussiez dit qu'elle était notre fille,
elle aurait dédaigné ce manant. »

« Mais, reprit Éléonore, Mylady m'avait
donné *l'ordre exprès* de ne pas lui dire
qu'elle était sa fille.

« Je devais *l'élever* comme *mon propre
enfant* : lui apprendre à *traire les chèvres,*
à *soigner les troupeaux,* et si je n'avais
pas de vos nouvelles, 50 *livres sterlings
devaient être toute sa dot.* »

« Dans ce cas, je pouvais me croire heureuse de la voir la femme de William Challoner ; et comme *je n'ai jamais reçu un*

mot de vous, Milady, *pas même une seule fois pour vous informer de cette pauvre enfant*, que pouvais-je penser ? que vous étiez morte. »

« Lui avoir dit alors quels étaient ses véritables parens, c'eût été troubler le bonheur dont elle pouvait jouir dans l'humble sphère où elle se trouvait placée. »

« Je ne pouvais vous donner de mes nouvelles, dit lady Caroline avec humeur : d'abord les affaires n'allèrent pas bien, et les dépenses furent toujours grandes ; nous avions des fils; enfin je ne pouvais pas vous donner de mes nouvelles. Mais vous deviez avoir quelques égards pour l'honneur d'une famille à laquelle vous aviez tant d'obligations. »

« En prenant tout le soin que je pouvais de votre enfant, répliqua Éléonore modestement, je croyais ne pouvoir mieux montrer la reconnaissance que j'avais des bontés de votre famille. »

« Tout cela est inutile, dit sir James,

8 **

en l'interrompant; peut-être Éléonore au-
rait-elle pu mieux juger cette affaire; **mais
nous devons** plutôt le remercier de ce qu'elle
a fait, que lui reprocher ce qu'elle a né-
gligé. Ce qu'il nous reste à faire maintenant
c'est d'aviser aux moyens qu'il faut prendre
pour remédier au mal causé par ce......

« Ne le nommez pas, dit lady Caroline;
j'aimerais mieux qu'elle fût morte que de
penser qu'à présent qu'elle sait qui elle est,
elle pût, même pour un moment, entretenir dans son cœur une passion aussi vile. »

« Vous avez peu de raison de le craindre, et cela ne peut être, dit sir James;
la bonne compagnie dans laquelle nous l'in-
troduirons, éloignera de sa tête une pensée
aussi ridicule. Je n'ai jamais rien vu de plus
joli qu'elle. Sa beauté et la fortune qu'elle
doit avoir, attireront vingt hommes autour
d'elle, dès la première vue, et l'un d'eux
chassera ce rustre de son esprit. »

« Oui, elle est très-jolie, en vérité, dit
lady Caroline; ne trouvez-vous pas qu'elle
me ressemble beaucoup, sir James ?

« Savez-vous, ajouta-t-elle, en se tournant fièrement vers Éléonore , que Miss Sea-bright aura une fortune de cent mille livres sterlings ; et que l'idée la plus déplacée serait de penser à ce fermier , quand même elle ne devrait pas avoir un sou ?

« Mais vous parlez, sir James , du moment où elle paraîtra. Vous pouvez être sûr qu'elle ne pourra de tout l'hyver être menée dans le monde. Elle doit avoir mille manières gauches et mal-adroites qui me feront mourir de honte. J'ose dire qu'il me faudra au moins six mois pour modifier le son de sa voix.

« Je crois le son de sa voix, à en juger par le peu de mots qu'elle a prononcés, l'un des plus doux que j'aie jamais entendus , reprit sir James. Elle a une aisance et une élégance naturelles qui enchantent, et tout le monde , ajouta-t-il (en se flattant lui-même) peut voir de qui elle est née. Je vous assure que ce jeune fermier n'avait pas mauvais goût. »

« Mais eût-elle mille manières gauches, sa beauté, son âge et sa fortune tireraient un voile sur toutes. Je n'ai aucune crainte qu'elle ne soit ardemment recherchée ni doute qu'elle ne soit bientôt sensible aux avantages qui résultent de son changement de situation. »

« Éléonore cependant nous instruira mieux de ses dispositions, et comment nous devons les diriger. »

« Je crains que cela ne soit difficile, dit lady Caroline ; elle semble être une créature sans affection. Il me paraît qu'elle ne se soucie aucunement de nous. Je crains qu'elle n'ait pas de sensibilité. »

« Ah ! Madame, s'écria Éléonore, combien vous vous trompez ! miss Seabright a le cœur très-aimant. On n'est ni plus sensible ni meilleur ! mais vous devez lui pardonner si votre seigneurie et sir James lui paraissent étrangers : elle ne sent encore pour vous, que comme si vous l'étiez réellement. »

« Étrangers! répéta lady Caroline; j'aurais pensé que la force du sang aurait suffi
pour éveiller son affection envers ses père
et mère; mais elle semble souhaiter de
vous regarder seule comme sa mère; elle
n'a pas éprouvé le plus petit plaisir en apprenant qu'elle était beaucoup mieux née. »

« Votre seigneurie doit tâcher de considérer que miss Seabright n'est pas assez
instruite des avantages qui résultent d'une
haute naissance; avantages auxquels elle
ne pouvait imaginer d'avoir aucuns droits. »

« L'étude de toute ma vie a été de la
rendre heureuse; elle a payé mes efforts
par l'affection la plus vive et la plus entière
obéissance. »

« Il n'y a aucun doute qu'elle n'ait un
jour l'une et l'autre pour nous, dit sir James.
Mais comment nous conseillez-vous de la
traiter. »

« Avec la plus grande tendresse, répondit Éléonore, s'il peut m'être permis de
parler librement. On n'a jamais usé d'au-

tres moyens envers elle. La bonté aura tout pouvoir sur son âme, et je doute beaucoup que la force en eût aucun. »

« Ceci prouve encore combien vous l'avez étrangement élevée, et combien je me suis trompée sur votre compte, Éléonore; je croyais que vous auriez instruit ma fille de ses devoirs pour ses parens, et plié sa volonté à la vôtre. Il n'est point de bonne éducation sans un peu de sévérité; cela apprend aux enfans à se connaître eux-mêmes, et si vous en eussiez usé ainsi à son égard, elle aurait été bien aise d'apprendre que vous n'êtes pas sa mère. »

« Mylady a changé ses idées sur l'éducation, depuis qu'elle se plaignait de la sévérité de Madame de Beaumont, dit Éléonore. »

« Oh! je ne savais pas ce que c'était alors, dit lady Caroline; je vois maintenant que s'il y avait un reproche à faire à Madame de Beaumont, c'était seulement d'avoir trop d'indulgence. Si j'avais été habituée à plus de soumission, je ne me serais jamais enallée avec sir James. Ayant un tel exemple devant vos yeux, comment avez-vous pu laisser à Mary tant de liberté? »

« Encore, s'écria sir James, j'ai dit que tout cela était inutile. Pensez-vous, Éléonore, que si nous traitons Mary avec bonté et lui promettons toute indulgence, nous pourrions lui faire oublier son William? »

« Nous n'avons plus de fils maintenant; elle est l'espoir de ma famille. Je désire la marier à un homme de la première distinction; et mon cœur serait brisé, si j'étais trompé dans cette espérance. »

« Je ne doute pas que la tendresse envers miss Seabright ne produise de son côté une vive affection, et qu'il n'est rien qu'elle ne veuille sacrifier pour des parens qui l'aimeront et qu'elle croira dignes de son amour. »

« Dignes de son amour! dit lady Caroline. Doit-elle en être juge? ou s'il est vraisemblable que nous ne soyons pas dignes de son amour? »

8 ***

« Je serais très-fâchée de penser cela,
répliqua Éléonore; mais si je peux risquer de parler ; je dirai que pour son
âge, miss Seabright est très-bon juge de
caractère, et je ne l'ai jamais vue aimer aucune personne qu'elle ne l'en eût cru digne. »

« Bien! bien! nous en serons dignes, dit
sir James. J'ai à vous demander, lady Caroline, que vous veuilliez avoir égard à ce
que dit Eléonore, et essayer tous les
moyens doux pour gagner son affection.
Nous ne devons pas espérer qu'elle nous
aime à la première vue. Il nous faut la flatter et nous efforcer de lui donner le goût
de toutes les belles choses qu'elle verra et
entendra, et nous obtiendrons ainsi l'accomplissement de tous nos vœux. Maintenant promettez-moi, lady Caroline, que
vous serez *bonne* et *douce avec elle.* »

« Vous parlez comme si j'étais une véritable furie, sir James. Si vous saviez diriger
votre caractère, je suis sûre que je saurais
conduire le mien. Mais alors il ne faut pas

parler de ce William : je serais réellement
capable de la battre, si elle le nommait. »

« A présent il ne faut pas faire paraître
une telle intention, dit sir James. Nous devons même lui laisser quelqu'espoir que
nous pourrons être amenés à sa manière
de penser. Ainsi, peu-à-peu, elle perdra
ses sentimens pour ce jeune homme. Nous
pourrons alors découvrir nos véritables
intentions. Ne pensez-vous pas, Éléonore,
qu'il faille en agir ainsi ? Violence et opposition ne ferons rien, dit Éléonore ; et personne ne peut juger quel effet le nouveau
genre de vie et la compagnie nouvelle que
verra miss Seabright pourront produire
sur elle. »

« Elle ne serait pas ma fille, dit lady Caroline, si dans un mois, elle n'avait abjuré
ses basses inclinations. Mais, sir James,
voyons où elle est ; emmenons-la tout de
suite ; je crains pour elle chaque minute de
plus qu'elle respire encore cet air. »

« L'emmener tout de suite, dit Éléonore !

sûrement votre seigneurie ne voudra pas
s'en aller ce soir : il faut me le pardonner.
Mais je l'aime en vérité comme si elle était
mon enfant ; mon mari l'aime de même. Il
est maintenant hors de la maison ; lorsqu'il
reviendra, il trouvera sa chère Mary partie ! je vous prie, pardonnez-moi, partie
pour toujours ! … je pense que ça brisera
son cœur. Et Mary, je veux dire miss Seabright, sera elle-même très-fâchée de partir
si précipitamment. »

« Il vaut mieux ne pas insister pour que
nous ne partions pas tout de suite, dit sir
James, interrompant quelque chose que
lady Caroline allait dire avec emportement.
Mais, ma bonne Éléonore, il ne faut pas
croire que vous perdiez votre petite Mary
pour jamais. Non non, elle doit toujours
penser à vous comme à une mère. Il faut
que vous et l'honnête Richard veniez la voir
à la ville ; et jamais aucun hôte ne sera
mieux accueilli dans ma maison. »

« La pauvre Éléonore fondit en larmes

nans ce moment, et dit : » Je vous remercie, Monsieur. Hélas! je ne verrai plus ma
pauvre Mary, lorsqu'une fois elle aura quitté Lamamon. Nous devenons vieux maintenant, et jamais je ne ferai le voyage de
Londres, ni ne reverrai d'aussi heureux
jours que ceux que j'ai passés dans la compagnie de cette chère enfant. »

« Oh! fi fi, Éléonore, dit lady Caroline
qui semblait maintenant avoir pris son parti, il ne faut pas ainsi se désespérer; vous
vivrez pour prendre soin des enfans de
Mary; je n'en doute nullement. Il fau ,
comme dit sir James, nous venir voir à
la ville ; et quant à notre prompt départ,
votre bon sens vous montrera combien il
est nécessaire ; et j'espère que vous ne voudrez pas donner à Mary l'exemple de la
répugnance. »

« Il est cependant une personne, madame, dit Éléonore, que votre excellence vou-
dra bien lui permettre de voir avant son départ: c'est le ministre de la paroisse. Je ne

peux exprimer tout ce qu'elle lui doit, ni l'affection qui existe entr'eux. »

« De l'affection, dit lady Caroline ! »

« Ah ! Madame, vous n'avez pas besoin de vous en allarmer. M. Ellis a près de soixante et dix ans. Il aime miss Seabright comme si elle était son enfant, et je puis dire qu'il a pris les mêmes peines pour elle que si elle l'avait été. »

« Eh ! bien donc qu'il vienne ici prendre congé d'elle, dit lady Caroline. Je vous prie, envoyez-le avertir tout de suite, car nous n'avons pas de temps à perdre. »

« Il ne peut sortir de chez lui, Madame, dit Éléonore : il relève d'une maladie dangereuse ; et il est si boiteux qu'il peut à peine marcher. »

« Oh ! il faudra alors que vous lui racontiez toute cette affaire, car véritablement elle ne peut aller chez lui. »

« Non non, cela est impossible, dit sir James ; voyons où est Mary et partons. »

« Il y a à peine vingt pas d'ici au pres.

bytère, s'écria Éléonore. N'y en eût-il que
la moitié d'un, dit impérieusement lady
Caroline, Mary ne pourrait y aller. Nul besoin de plus de soupirs, laissez faire ce qui
ne peut être empêché. »

« Fort bien; mais je suppose, lady Caroline, dit sir James, que ce Monsieur ait été
aussi bon pour Mary que le dit Éléonore,
je vais aller lui faire ses remercîmens et ses
excuses. Pendant ce temps, vous prépa-
rerez Mary à être en état de nous accompagner. »

« Faites comme il vous plaira, reprit lady
Caroline; mais il me semble à moi que c'est
une peine inutile. Toute cette amitié pour
les enfans des autres est une chose ridicule. »

« Allons; où est Mary ? je lui ai dit d'aller
du côté de la voiture. »

« Bon; mais Éléonore, dit sir James,
nous n'avons pas intention de vous quitter
sans vous prouver notre reconnaissance de
vos soins pour notre enfant. Quoiqu'il soit
entièrement hors de notre pouvoir de vous

payer comme vous le méritez, je vous prie, prenez cette bourse, et souvenez-vous que le plutôt que vous et l'honnête Richard viendrez nous visiter, sera le mieux. »

Éléonore recula involontairement.

« Non non, monsieur, dit-elle, je n'ai pas besoin d'être payée pour ce qui a été le plus grand plaisir de ma vie; et maintenant que Richard et moi, hélas! n'aurons plus qu'à penser à nous, nous serons plus riches que nous ne désirons. »

« Oh! mais il faut que vous m'obligiez, d'accepter, s'écria sir James: vous ne pourez croire combien il m'est douloureux de vous voir dans un si pauvre endroit, ni quelle affliction ce fut pour lady Caroline et pour moi d'apprendre vos infortunes, lorsque nous vous cherchames en vain dans le comté de Montgomery. Mais ceci peutêtre raccommodera vos affaires: et lorsque vous viendrez nous voir à la ville, vous nous conterez votre histoire, que j'ai envie d'entendre toute entière; quoique nous n'ayons pas à présent le temps de l'écouter. »

« Je vous prie, excusez-moi, dit Eléonore vivement et sentant s'élever quelque indignation dans son âme, nous ne nous sommes jamais cru infortunés, et ce lieu nous a toujours paru un palais. En vérité, monsieur, il n'est pas en votre pouvoir de nous donner, maintenant que nous perdons notre cher enfant, ce qui pourrait nous rendre heureux ? et pendant que nous l'avions, toutes les richesses de l'Inde n'auraient pas rendu notre bonheur plus parfait. »

« Vous ne devez pas prendre cette tristesse, dit sir James, ni vous étonner que nous soyons impatiens de posséder un trésor qui est le nôtre, et que vous estimez à un si haut prix. »

« Non certainement, reprit Éléonore, et je l'aurais cédée avec moins de tristesse, s'il lui eût été accordé plus de temps pour elle et pour moi ; mais l'enlever si soudainement avant que mon mari soit de retour, sans souffrir qu'elle voie M. Ellis, voilà ce qui m'afflige profondément. »

« Je suis très-fâché de tout ceci, dit sir
James ; mais il est tout-à-fait impossible
qu'il en soit autrement. Et qui peut vous
empêcher de venir la voir à la ville ? je
vous prie, donnez ceci à M. Morgant,
comme un témoignage de mon estime
pour lui. »

« Non, Monsieur, non, s'écria vivement
Éléonore, je ne le peux pas, je ne le dois
pas ; mon mari ne voudrait jamais me le
pardonner. »

En disant cela, elle suivit lady Caroline,
qui était sortie pendant le dialogue précédent. Elle trouva cette pauvre Mary, immobile sur le banc, où elle s'était jetée en
sortant de la maison, les yeux fixés sur la
terre et baignés de larmes.

« Ma chère enfant, dit lady Caroline,
regardez-moi, et dites-moi que vous voulez
tâcher de m'aimer. »

Mary prît sa main et la baisa. « Je serai
très-heureuse de vous aimer, Madame,
dit-elle.

« Vous serez très-heureuse, ma chère, vous ne pouvez deviner combien vous le serez ! quels beaux habits vous aurez ! combien de domestiques pour vous servir ! et toutes les fois que vous sortirez, vous serez portée dans un beau carrosse ! et vous ne serez conduite que d'un bel endroit à un autre ! enfin vous aurez une telle continuité de plaisirs que vous voudrez à peine en croire vos sens ! je ne doute pas qu'alors vous n'oubliez Lamamon. »

Mary retira sa main de celle de lady Caroline ; et jettant ses bras autour du cou d'Éléonore, elle se mit de nouveau à fondre en larmes.

« Je ne puis jamais oublier Lamamon, dit-elle, et je veux vous appeler ma chère mère, quand même vous m'appelleriez miss Seabright et ne voudriez plus me reconnaître pour Mary. »

La pauvre Éléonore ne pouvait parler, mais pleurait amèrement en serrant Mary sur son sein.

« Bien , ma chère Mary , dit lady Caroline ; c'est très-aimable à vous ; Éléonore viendra nous voir bientôt ; mais maintenant il faut que nous partions ; ainsi, ma chère, dites-lui adieu. »

« Partir , répéta Mary ; oh ! non , je ne veux pas partir que je n'aie vu William, et que je ne lui aie dit que je ne l'oublierai jamais. »

Lady Caroline se mordit les lèvres et se fit évidemment violence en contraignant sa colère. Sir James, qui savait beaucoup mieux dissimuler , dit toutes les choses les plus douces et les plus flatteuses pour Mary : il insinua même qu'il serait plus agréable de voir William à la ville que de l'attendre là ; et il la pressa de partir , de la manière la plus tendre : mais tout fut inutile.

« Je ne peux ni ne veux partir : si je m'en allais sans voir William ou sans lui écrire , il pourrait croire que j'ai intenion de l'oublier ; et si jamais je pouvais le faire, je serais la plus ingrate créature du monde. Ma chère mère peut vous dire combien il m'aimait, quand j'étais pauvre et lui riche comparativement : et je ne l'aimerais pas, quand je suis riche et lui pauvre !.....»

Lady Caroline fit quelques pas en arrière.

« Qui vous défend de l'aimer, ma chère, dit sir James? nous désirons seulement que vous veniez avec nous ; que vous soyez aussi heureuse qu'une princesse et que vous possédiez tout ce que vous pourrez désirer.»

» Je ne puis partir, je ne le puis : ne faut-il pas que je voie mon cher père? ne faut-il pas que je voie M. Ellis? Et ma chère mère, s'écria-t-elle, jettant ses bras autour d'Éléonore, jamais, jamais je ne vous quitterai. »

« Mais, Mary, dit sir James, soyez un peu raisonnable; les affaires les plus pres-

santes m'obligent de partir tout de suite,
et sûrement vous ne nous aimez pas assez
peu, nous qui vous aimons tant, pour vouloir que nous vous laissions. Vous êtes notre
seul bonheur. Notre étude sera d'accomplir
tous vos vœux. Éléonore et Richard viendront vous voir. Vous visiterez encore Lamamon. Ne vaudra-t-il pas mieux réjouir
M. Ellis alors en lui racontant votre bonheur, que d'aller maintenant l'accabler de
votre douleur ? »

« — Mais pourrai-je écrire à William?
pourrai-je l'inviter à venir me voir ? »

« — Vous ne demanderez rien que nous
ne voulions vous l'accorder. Maintenant,
ma chère, dites adieu à Éléonore. »

« — Il m'est impossible. Si je voulais
partir, je ne le pourrais pas ; je ne pourrais
marcher ; je ne peux me mouvoir. »

Sir James appercevant l'un de ses domestiques à la porte du petit jardin lui
fit signe de venir à lui.

« Je ne suis pas étonné, mon amour,

que vous soyez incapable de marcher, dit-il, passant son bras autour de sa taille ; mais Georges et moi nous vous porterons entre nous deux, jusqu'à la voiture. »

Au même moment la soulevant avec l'aide de son domestique, ils la levèrent doucement entr'eux et la portèrent ainsi à la voiture. La promptitude de l'action et son extrême douleur ôtèrent à Mary tout moyen de résistance et même tout pouvoir de parler.

Éléonore la suivait en pleurant, mais l'encourageant par l'assurance qu'elle s'en allait pour être heureuse.

Sir James la plaça dans la voiture ; mais aussitôt elle s'élança et était prête à se jetter dehors, croyant pouvoir encore une fois embrasser Éléonore.

Lady Caroline passant promptement un bras autour d'elle, l'appela son ange, son cher amour, et réitéra sa promesse de beaux habits, de belles maisons et de beaux

équipages, tandis que sir James ne promettait rien moins qu'une indulgence sans
bornes et la plus grande affection. La pauvre victime fut ainsi vaincue, et toute sa
résistance étant devenue inutile, la voiture
partit.

~~~~~~

CHAPITRE XIV.

P<small>AR</small> sa richesse et son élévation subite
Mary se regardait comme la plus infortu-
née de son sexe. Ses yeux égarés s'atta-
chaient sur chacun des objets qui lui étaient
connus, avec tout le désespoir qui s'empare
d'un jeune cœur contrarié pour la pre-
-mière fois dans ses vœux les plus chers :
Jamais, oh jamais je ne vous reverrai !
étaient les seuls mots que son cœur oppressé lui permettait de prononcer.

Ainsi l'infortunée Mary Stuart fixait ses
regards sur les bords chéris de la France,
où pourtant elle était descendue du trône,
tandis que son vaisseau voguait vers ce
royaume qui l'avait vu naître, et sur lequel
elle était destinée à régner. Quoique notre
héroïne portât le même nom, elle était
cependant née sous une meilleure étoile,

Son désespoir diminuait par dégrés et
se changeait en une affliction plus douce.
Elle commençait à écouter, les yeux encore remplis de larmes ; mais une étincelle
d'espérance se ranima dans son cœur, aux
abondantes expressions d'amour paternel,
qui sortaient des lèvres de sir James et
de lady Caroline. Elle commença à presser
doucement la main qui serrait la sienne ;
et, passant un bras autour de lady Caroline, elle l'assura qu'elle voulait l'aimer
autant que sa chère Éléonore, sa première
et toujours bien-aimée mère.

Lady Caroline lui rendit ses embrasse-
mens, et lui dit : vous verrez bientôt la
différence de ce que je ferai pour vous
et de ce qui était au pouvoir de la pauvre
Éléonore de faire.

Oh ! reprit Mary, elle pouvait m'aimer
de tout son cœur et de toute son âme ;
et c'est ainsi qu'elle le faisait. Si vous m'aimiez de même, Madame, je n'aurais rien
de plus à demander.

« Je vous aimerai mille fois mieux, s'écria lady Caroline; vous n'aurez qu'à désirer pour obtenir. » Dans cette promesse le cœur confiant de Mary comprenait véritablement tout ce qu'elle désirerait. Aussi elle recouvrait sa gaieté, parlait des chers amis qu'elle avait quittés, comptait les semaines qui devaient la séparer d'eux. Elle obtint de sir James et de lady Caroline, qui ne s'occupaient que du moment présent, la promesse plusieurs fois répétée que Richard et Éléonore viendraient bientôt la voir, et qu'elle pourrait aussi prochainement visiter Lamamon. Qui ne se rappelle avec quelle rapidité l'espérance nait à cet âge, même au milieu des douleurs !

Mary maintenant ne formait pas un vœu qu'elle ne se crût réellement en possession de l'objet de ses désirs. Son cœur généreux s'ouvrait à la pensée qu'elle pourrait être la bienfaitrice de William, qu'elle aurait le pouvoir de vaincre l'inimitié de ses parens, par sa bonté ; et les engagerait à

9

l'aimer, en leur prouvant qu'il était digne de leur affection. Peut-être aussi un peu d'orgueil se mêlait-il à sa générosité, en pensant que Mary naguères dédaignée, serait maintenant regardée avec envie et jalousie. Sa vive imagination élevait dans un moment une retraite champêtre, joignant sa propre habitation. Là elle projettait de nourrir, dans leurs vieux ans, Éléonore et Richard. Elle espérait encore qu'elle aurait assez de pouvoir pour tirer M. Ellis de son cher presbytère, pour le fixer auprès d'elle, et elle était bien résolue à ne rien négliger pour y parvenir.

Elle croyait que son bonheur dépendait entièrement des parens qu'elle venait de retrouver ; et, dans ce moment, elle ne faisait aucun doute qu'ils ne voulussent aller au-devant de tous ses vœux.

Ces agréables réflexions ajoutèrent à l'éclat de ses yeux et animèrent tous ses traits. Sa gaieté semblait charmer sir James et lady Caroline ; et l'observation qu'ils en firent l'augmenta. Si l'oppression qui pesait

sur son cœur, lui arrachait encore un profond soupir, il était involontaire ; elle assurait ses nouveaux amis qu'ils obtiendraient
bientôt d'elle de réprimer ces marques de
chagrin ; qu'elle se croyait heureuse, et
qu'elle était assurée qu'elle les aimerait
beaucoup.

En retour, ils la comblèrent de louanges, parlèrent de sa beauté, de la douceur
de sa voix, et réitérèrent mille fois leurs
protestations de tendresse.

Une circonstance cependant lui semblait
avoir quelque chose de dur. « Pourquoi,
dit-elle, ne pourrions-nous rester quelques
heures de plus à mon cher Lamamou ? si
je ne pouvais y attendre que nous eussions
envoyé prévenir William, j'aurais pu au
moins voir M. Ellis et mon cher père,
et j'aurais écrit à William pour l'assurer
que je serai toujours la même pour lui. »

Lady Caroline fronça le sourcil et fut
sur le point de parler ; mais sir James la
prévint et dit avec son ton caressant :

« Ma chère Mary , la chose était impossible : les affaires les plus indispensables
me rappelaient. Nous n'avions été en Angleterre que peu de semaines : l'impatience
de vous retrouver nous fit abandonner toute
autre considération ; mais je ne puis être
absent plus long-temps, et vous ne voudriez
pas m'occasionner des embarras; je suis même assuré que votre bon sens et votre cœur
sont également incapablés d'un tel désir. »

Mary fut satisfaite : elle n'était jamais si
facile à persuader, que lorsqu'elle croyait
céder à ses amis.

« Non , non , s'écria-t-elle , je ne veux
pas que vous souffriez aucunement pour
moi, rien ne me rendrait aussi malheureuse. » Sir James l'embrassa ; et Mary ajoutant
foi à ses démonstrations de tendresse, aban-
donnait son esprit aux plus délicieuses réflexions. Mais ce songe de bonheur fut de
courte durée : cette nuit même elle fut instruite de sa véritable destinée, et tous les

soins maternels de lady Caroline ne purent
jamais l'y faire retomber.

L'agitation que son esprit avait soufferte
pendant tout le jour, jointe au mouvement
de la voiture auquel elle n'était pas habituée, l'avait tellement fatiguée, qu'elle se
mit au lit, presqu'immédiatement après
leur arrivée dans l'hôtellerie, où ils devaient passer la nuit.

La chambre où elle était couchée, donnait dans la salle à manger où lady Caroline
et sir James étaient à souper. Lady Caroline était restée près d'elle pendant qu'elle
se déshabillait, l'avait caressée et l'avait
laissée avec un cœur rempli de gratitude
et d'amour pour ces parens nouvellement
trouvés. Mais Mary, malgré sa fatigue, ne
pouvait dormir. La suite des nouvelles idées
que les aventures de la veille avaient fait
naître dans son esprit, le souvenir de
William, ses craintes sur la manière dont
il pourrait regarder le changement de sa situation la tenaient éveillée et inquiète.

En vain elle se jettait d'un côté du lit à l'autre. Elle ne pouvait trouver aucun repos. Elle s'étonnait d'éprouver, pour la première fois de sa vie, la privation du sommeil, dans le moment où elle s'était dit qu'elle était plus heureuse qu'elle n'avait jamais été. Enfin elle semblait prête à s'endormir, lorsque son nom prononcé avec chaleur par sir James, attira son attention : elle écouta peut-être dans l'intention de savoir combien elle était aimée ou dans l'espoir d'entendre l'énumération de ses beautés et de son mérite, dont on parlait tant.

« C'est la plus simple petite dupe que j'aie jamais rencontrée, dit sir James : comme elle ajoute foi à tout ce que nous lui disons et avec quelle sincérité elle croit que nous souffririons qu'elle épousât ce rustre ! son ignorance est tout-à-fait divertissante. »

« — Ne le nommez pas, dit lady Caroline : mon sang bout à cette supposition ; mais je vois qu'il sera aisé de l'éblouir avec notre tendresse et de la plier à notre volonté. »

« — Je ne pourrais supporter qu'elle y résistât un moment :

« — Je vois que la douceur fera tout sur elle, reprit sir James; ainsi nous lui apprendrons par dégrés à oublier son cher Lamamon. Mais si nous étions durs avec elle, je crois vraiment qu'elle nous fuirait en dépit de toutes les belles choses que nous pourrions lui offrir.

« — Elle saura bientôt connaître leur valeur, dit lady Caroline; mais que de tourmens j'aurai à souffrir avant que j'aie pu la polir, la former et être entièrement quitte de ce pénible travail ! quelle méthode peut-on prendre avec une fille de dix-huit ans? je pourrais bientôt la faire obéir d'un mot, si elle n'avait que huit ou neuf ans. Je me rappelle madame de Beaumont et sa méthode, je me serais plutôt mangé le doigt que de la contredire ; elle et ma mère étaient toujours du même avis. Et si mon maître à danser se plaignait de moi, si je négligeais mes leçons ou commettais quel-

qu'étourderie, la verge était sa ressource;
les plaintes de ma bonne étaient même
écoutées. Elle pouvait me corriger en tout
temps. Je ne doute pas que je pusse retrouver des gens aussi vigilans et aussi ha-
biles, si Mary était d'âge à être sous une
telle discipline. »

« — Il n'y a que tendresse et doux traitemens qui fassent, dit sir James. Et je vous
sollicite encore pour que vous réprimiez
votre caractère; elle est réellement si jolie
et a tant de grâces naturelles, que je ne
crains pas que votre tâche soit bien difficile : il faut la caresser, l'éblouir, la flatter, et, croyez-moi, et elle aura bientôt
oublié son lourdaut de fermier et nous aurons le plaisir de la voir la femme de quelqu'homme de qualité. »

« — Plût au ciel qu'elle fût un garçon,
dit lady Caroline avec un profond soupir!
que nous sommes infortunés d'avoir perdu
nos deux fils, et de nous être ainsi trouvés
dans la nécessité de chercher cette fille ou

de voir nos propriétés passer à des gens,
dont nous ne nous soucions pas. Et aussi
votre titre et le nom des Seabright perdu. »

« — J'aurais été bien aise, il est vrai,
de les voir réunis tous les deux dans mon
fils, dit sir James ; mais ils ne seront pas
perdus : mon neveu possédera l'un et l'autre, grâces à la sagesse de nos lois, qui
de cette manière protègent la prospérité
des anciennes familles. Je serais fâché de
les voir décider autrement, même en faveur
de ma propre fille. »

« — Mais, si elle pouvait transmettre le
titre avec le nom, dit lady Caroline, ne
pensez-vous pas que l'on pourrait dire quelque chose de plus en faveur de la sagesse
de nos lois ? »

« — Non, dit sir James : ils doivent être
dans la ligne masculine, c'est la voix de
Dieu et celle de la nature qui le décident
ainsi. »

« — Vous êtes toujours contre les femmes, sir James. »

« ⸺ Je suis pour la raison et la justice;
si c'est être contre les femmes, ce n'est pas
ma faute. » Lady Caroline répondit; sir
James répliqua, et la pauvre Mary, qui n'a-
vait pas perdu un seul mot du discours précédent, se trouvait entièrement troublée
d'une dispute à laquelle pourtant elle ne
pouvait rien comprendre, si ce n'est la passion et la mauvaise humeur.

Elle avait d'abord été tentée de sauter
hors du lit, d'entrer dans la salle à manger,
de protester contre ce plan de perfection-
nement et d'ingratitude; mais un peu de
réflexion l'avait décidée à rester tranquille.
Le cruel dérangement que cette conversation mettait à ses espérances, le ressentiment dont son âme fut remplie, et l'indignation qu'elle ressentit d'avoir été trompée, ne trouvèrent de soulagement que dans
des flots de larmes, jusqu'à ce qu'enfin elle
s'endormît.

Lorsqu'elle parut le lendemain matin,
sir James et lady Caroline furent frappés

du changement de ses manières , du regard de froideur et d'incrédulité avec lequel elle recevait toutes leurs caresses , de l'air de mélancolie et d'abattement avec lequel elle écoutait la vive peinture de la félicité qui l'attendait , et l'indulgence qu'ils lui avaient promise. Ignorant la cause qui avait produit ce changement, ils l'imputèrent à l'amour profondément enraciné qu'elle avait pris pour tout Lamamon. Ils redoublèrent leurs efforts de tendresse pour supplanter les anciennes affections par des affections nouvelles.

La variété des objets qui se trouvaient sur la route réveillèrent de nouveau , en dépit d'elle-même , sa vivacité. Quelquefois aussi elle se persuadait que ses sens l'avaient trompée, et qu'une tendresse si vivement exprimée, ne pouvait être sans fondement ; et quand elle répondait à sir James ou à lady Caroline , ils se flattaient encore qu'ils gagnaient du terrain.

CHAPITRE XV.

Ils arrivèrent le troisième jour à une maison élégante que sir James avait louée dans
le comté de Bedford. La résidence habituelle des Seabright, était dans un comté
éloigné, et n'avoit aucun attrait pour les
propriétaires actuels ; la saison où l'on se
trouvait, les avoit empêché jusqu'alors de
se pourvoir d'une maison en ville ; mais ils
étaient résolus de s'en procurer une aussitôt, afin que l'éducation de Mary pût être
commencée sans délai.

Mary ne fut pas plutôt arrivée au terme
de son voyage, que dans son empressement
de communiquer avec William, elle s'assit
pour lui écrire. Elle ne fut troublée par
aucune réflexion sur la résistance qu'elle
pourrait rencontrer, et il ne s'éleva pas en
elle l'ombre d'un doute sur la continuation

de sa correspondance avec William, et, dans la disposition où elle étoit alors à l'égard de ses parens si nouvellement trouvés, elle ne se sentait pas obligée à faire de sacrifice.

Elle ne déguisa point l'intention d'écrire à William ; et la suite de cette tentative fut que lady Caroline prit son papier. Mary exprima quelque surprise, et rappela à Milady, *l'indulgence sans bornes*, qu'elle lui avait promise, mais lady Caroline, sans écouter ses raisons, se contenta de lui représenter, que pour une jeune demoiselle bien élevée, c'était manquer à la délicatesse et aux bienséances d'écrire à un jeune homme, et que ce ne pouvait être pardonnable qu'à une personne qui avait reçu une aussi étrange éducation.

« Puis-je écrire à ma chère mère, dit Mary, avec un peu d'amertume dans le ton ? »

« Il faut, mon enfant, apprendre à parler des gens d'une manière convenable, reprit

lady Caroline, appelez Éléonore par son
nom; et rappelez-vous que je suis votre
mère. »

« Éléonore a été ma mère, quand vous
êtes partie pour l'Inde et que vous m'avez
abandonnée, répliqua Mary : elle a été ma
mère pendant dix-huit ans. Pendant ce
temps vous ne vous êtes jamais inquiétée de
moi; en vérité vous devez me pardonner,
ma nouvelle maman, si Éléonore reste ma
mère dans mon esprit et dans mon cœur,
aussi long-temps que je vivrai. Ne puis-je
pas lui écrire; je vous prie ? »

« Oui, dit lady Caroline avec humeur,
mais il faut que je voye votre lettre : il peut
y avoir des mots mal orthographiés ; il faut
aussi que je puisse juger de quelle étrange
manière vous écrivez. »

Mary se sentit disposée à répondre avec
cet orgueil naturel que M. Ellis et Éléonore avaient eu tant de peine à vaincre. Heureusement qu'alarmée elle-même par l'émotion qu'elle éprouvoit, elle s'arrêta. Un

moment de réflexion rappela à sa memoire les préceptes qu'elle avait reçus, et, invoquant l'esprit de douceur qu'elle croyait résider à Lamamon, elle répliqua avec soumission : je ferai, madame, tout ce que je pourrai et que vous désirerez.

La lettre de Mary était remplie des différentes émotions de son cœur ; la certitude même que cette lettre serait lue et désapprouvée par lady Caroline, ne put l'engager à modérer ses expressions. Elle écrivit dans ces termes :

« Ah ! ma chère mère, que n'ai-je pas souffert depuis que je vous ai quittée ! et vous me disiez que je partais pour être heureuse ! n'étoit-ce pas une cruelle dérision ? Depuis ce moment je n'ai été heureuse que *deux heures seulement*, et mon bonheur s'est évanoui, sans doute pour ne pas revenir. »

« Et vous, pouvez-vous être heureuse sans votre pauvre Mary ? je ne le crois pas, mais il faut venir me voir, il faut venir bientôt. »

« Quel jour de joie que celui où je vous
verrai! qu'a dit mon cher père lorsqu'il a su
que j'étais partie? partie pour toujours!.....
car jamais je ne reverrai Lamamon. Je pense
sans cesse à vous deux. Qui maintenant sou-
tient mon cher Monsieur Ellis de son parloir jusqu'au petit siége, dans le rocher? »

« Je vous vois tous ensemble pleurant
mon absence; mais vous ne pleurez pas autant que moi, et n'en avez pas autant de sujet:
vous pouvez vous consoler les uns les autres,
pendant que moi........ »

« Ils ne veulent pas me laisser écrire à
William. Ce n'est pas ma faute; si je ne le
fais pas; mais il faut que vous écriviez pour
moi; dites-lui que jamais rien ne me le fera
oublier. Écrivez-lui tout de suite, je désire
qu'il me donne de ses nouvelles aussi-tôt
qu'il aura reçu votre lettre. »

« Je demeure à Rookby-Park, près Dunstable dans le comté de Bedford et mon
nom est........ ; mais vous savez mieux
que moi qui je suis, et comment toutes

cés choses si surprenantes sont arrivées. »

« Sûrement vous direz tout à William, comment vous devintes ma mère, lorsque personne ne vouloit l'être. Je ne peux lui écrire ; parce qu'ils disent qu'il n'est pas bienséant pour une jeune personne d'écrire à un jeune homme, mais je pense qu'il sera bienséant pour lui de m'écrire. »

« Je n'aurai pas un moment de repos jusqu'à ce que j'aye de ses nouvelles. Surtout venez me voir bientôt ; j'ai beaucoup de choses à vous dire : vous savez aussi bien que moi que *la cage d'or ne rend pas l'oiseau heureux.* »

« Mes amitiés à toutes les personnes que j'aime ; et maintenant je crois aimer chaque personne de Lamamon : mais pourtant dites pour moi les choses les plus tendres à M. Ellis, à mon cher père, à vous même et soyez très-assurée, que je serai toute ma vie votre très-reconnoissante, très-tendre et très-soumise fille, MARY. »

Lady Caroline lut cette lettre.

« Qu'entendez-vous par cette expression, que vous avez été *heureuse , seulement deux heures ?* »

« Ne me faites pas de question, reprit Mary. J'ai pensé un moment que je pouvais être heureuse loin de Lamamon; maintenant je crois ne l'être jamais. »

« Vous serez une ingrate petite créature, dit lady Caroline. »

« Mon malheur, s'écria Mary fondant en larmes, est d'être une fille. »

« D'être une fille ! répéta lady Caroline. Qu'entendez-vous par là ? ah ! je vous comprends, vous êtes une misérable écouteuse. Mon Dieu, avec quelle bassesse vous avez été élevée ! comment a-t-on toleré de telles inclinations ? comment pourrai-je jamais les corriger ? quelle malheureuse mère je suis. »

« Je n'écoutais pas, reprit Mary ; mais je ne pouvais m'empêcher d'entendre ce que (ajouta-t-elle, avec un redoublement d'émotion,) je souhaiterais n'avoir jamais entendu. »

Lady Caroline fut alarmée, et, réprimant la disposition qu'elle se sentait à se mettre en colere, elle reprit: « quoique vous puissiez avoir tout entendu, soyez assurée que vous vous tromperiez beaucoup, si vous doutiez de la tendresse de sir James et de la mienne. Mais, ma chère, une personne élevée comme vous ne peut avoir que des fausses idées des choses. Le temps réformera tout cela, et aidera, je l'espère, à réprimer l'orgueil que j'apperçois en vous, et qu'aucune femme bien élevée ne doit montrer. »

« Venez, ne pleurez pas, ajouta-t-elle, en l'embrassant, aussi vous avez écrit une lettre ridicule. Cependant je ne désapprouve pas votre affection pour la bonne Éléonore, mais il ne faut pas dire un mot de ce jeune garçon: il y a en cela un manque de bienséance, que je ne peux supporter. J'écrirai une lettre pour vous, et vous la copierez, ce sera le moyen que j'emploierai pour toutes vos lettres, jusqu'à

ce que vous ayez perfectionné votre style,
et que vous sachiez vous-même écrire d'une
manière convenable. »

« Voyez à présent comme je peux tracer
dans un moment une lettre telle que vous
devriez l'avoir faite. »

Lady Caroline prit la plume et écrivit
la lettre suivante :

« Rookby-Park près Dunstable.

« Je connais trop bien la tendre sollici-
» tude de ma chère mistriss Morgant sur
» ma santé , pour ne pas lui donner la
» prompte assurance que j'ai fait un très-
» agréable voyage, avec beaucoup de com-
» modité et sans aucun danger. Lady Caro-
» line et sir James sont bons et tendres
» envers moi. Ce lieu-ci est charmant, et
» je suis aussi heureuse que vous me le pro-
» mettiez. Je vous prie de faire pour moi
» les complimens les plus honnêtes au digne
» M. Ellis. Je présente mes devoirs à M.
» Morgant ; et soyez vous-même assurée,

» ma chère mistriss Morgant, que je serai
» toujours

» Votre reconnaissante

« Marie SEABRIGHT.

« Lady Caroline et sir James désirent
» d'être rappelés à votre souvenir. »

« Voyez, s'écria lady Caroline, ce que
vous deviez exprimer se trouve ici dans un
espace beaucoup plus court, et dit avec
une politesse et une convenance d'expressions qui siéent à votre naissance. Parler
autant de la douleur de quelques personnes
sur votre absence n'est pas modeste. Vous
voyez comme j'insinue la même chose, sans
l'exprimer, en parlant de la sollicitude de
mistriss Morgant, pour vous. Ces petites
délicatesses sont le secret du style épisto-
laire. »

« Il y a aussi quelque chose de ridicu-
lement mal-adroit à dire, dans le corps de
la lettre, où vous demeurez : cela doit faire

partie de la date. Tout ce qui abrège une lettre est dans l'usage des gens de bonne compagnie. »

« Encore combien vous êtes rustique dans le témoignage de vos sentimens : *dites pour moi les choses les plus tendres.* Je vous proteste que vous me faites rougir. »

« Il est très-convenable de vous ressouvenir de M. Ellis : je crois qu'il est gentilhomme. Mais envoyer vos amitiés à toutes les personnes de Lamamon, c'est la même chose que de désirer l'affection de toute cette espèce de monde. Vous ne ferez plus ainsi, je le désire. Pourquoi donc ne pas signer votre nom ? vous n'avez aucune raison d'en être honteuse, je peux vous l'assurer. »

« Oh ! je vous prie excusez-moi, dit Mary, je ne voudrais pas pour tout au monde écrire une semblable lettre à ma mère ; elle ne voudrait jamais croire qu'elle fût de moi ?

« — Pourquoi pas, lorsqu'elle verra votre écriture ? »

« — Elle n'y verra pas mon cœur, répliqua Mary. »

« Très-certainement je ne souffrirai pas qu'une rapsodie, comme celle que vous avez écrite, soit envoyée, dit lady Caroline. Si vous ne voulez pas copier ma lettre, j'écrirai moi-même à Éléonore, seulement pour lui dire que vous êtes arrivée bien portante, en ce lieu. Il serait désobligeant de ne le pas faire. »

« Comme il vous plaira, dit Mary : et elle s'assit découragée. »

« Vous ne voulez donc pas copier cette lettre; dit lady Caroline ? »

« Je vous en prie, excusez-moi, s'écria Mary ! »

« — Vous renoncez donc à votre désir d'écrire à Éléonore ? »

Mary gardait le silence.

« Parlez donc, enfant; vous êtes assez communicative; Mais vous ignorez réellement les premiers principes de la bonne éducation. »

« Je donnerais tout an monde pour écrire à ma chère mère, dit Mary, redoublant ses

larmes ; mais une semblable lettre, en vérité, je ne le puis pas. »

« Je vois que vous voulez épuiser ma
patience, s'écria lady Caroline. Cependant,
s'il était possible, je voudrais vous soumettre
par la douceur. »

« Laissez-moi écrire une autre lettre,
madame, dit Mary. Elle ne ressemblera pas
à celle que vous rejettez, mais elle aura
quelque chose de plus tendre que celle que
vous avez dictée. »

« Eh bien ! je serai assez indulgente pour
cela, reprit lady Caroline ; mais laissez-moi
voir ce que vous écrivez. »

Mary écrivit ce qui suit :

« Ma meilleure amie,

« Je suis bien portante ; c'est toute la
» satisfaction que je puisse vous donner.
» Je suis partie de Lamamon et vous ai
» quittée trop précipitamment pour être
» heureuse ; mais il faut venir me voir bien-

» tôt. Je ne peux jamais oublier aucun de
» ceux que j'ai aimés pendant dix-huit ans
» de ma vie ; ne manquez pas de leur assu-
» rer que cela m'est impossible. Je trouve
» qu'il n'est pas convenable d'écrire une
» plus longue lettre : cependant vous ne
» devez pas m'en vouloir, si je ne fais
» qu'ajouter que je serai toujours votre
» reconnaissante,

E. S. »

Lady Caroline ne put s'empêcher d'admirer l'adresse avec laquelle Mary avait
imaginé de montrer ce qui se passait dans son
cœur, sans pourtant paraître rien exprimer : mais cette adresse était bien plus celle
de la nature, que l'effet de l'art. Cependant comme il ne convenait pas au plan de
lady Caroline de pousser les choses plus
loin, elle laissa partir cette lettre en ajoutant quelques notes de sa main, pour assurer que Mary recouvrait sa gaieté à chaque instant et qu'elle semblait prendre plaisir

19 * *

à tout ce qui était relatif à sa nouvelle situation. Elle ne répéta pas l'invitation
faite par Mary et ne dit pas un mot qui
pût demander une réponse de la part
d'Éléonore.

Mary ne pensait cependant qu'à la lettre
qu'elle devait recevoir: et elle se désespéra,
lorsqu'elle vit qu'ils étaient prêts à partir
pour Londres avant que cette lettre pût
être arrivée.

« La lettre de ma mère sera-t-elle ren-
voyée où nous allons ? demanda-t-elle. »

« Sans doute, dit lady Caroline ; je vous
prie, tranquillisez-vous. »

Mary pourtant ne pouvait goûter de repos, et trouvait chaque jour moins de raisons pour être satisfaite de son changement de fortune,

Lady Caroline n'était restée en Comté
de Bedford que le temps de pourvoir Mary
de vêtemens plus décens. C'était une besogne qu'elle était très-impatiente d'expé-
dier ; car elle avait des vapeurs toutes les

fois qu'elle la regardait avec sa cape ron-
de, sa petite jacquette d'étoffe brune; et
la préférence avec laquelle Mary considérait les souvenirs de son état passé, ne
servit qu'à les rendre plus odieux à lady
Caroline. Elle voyait avec étonnement
qu'un des principaux moyens, dont elle
s'était proposé de faire usage pour gagner
le cœur de Mary n'était d'aucun effet sur
son âme. Elle la trouvait indifférente pour
toutes ces bagatelles de parure. Maintenant que Mary ne pouvait plus voir William, elle négligeait même ce qui était
évidemment avantageux à sa personne.
Lady Caroline conçut dès ce moment la
plus mince opinion de son intelligence,
et ne put s'empêcher d'exprimer à sir
James la crainte où elle était de ne pouvoir jamais rien faire de cet enfant.

L'importante affaire du nouvel équipe-
ment de Mary étant terminée, lady Caroline retourna à la ville. Dès son arrivée,
elle entoura Mary de maîtres de toutes es-

pèces, et le grand travail de l'éducation commença.

Cependant lady Caroline n'ayant nullement l'intention de se charger seule de former les manières et la personne de Mary, se pourvut bientôt d'une gouvernante, à laquelle fut délégué le droit de ne jamais accorder à la pauvre victime un instant de repos; et le système de prétendue douceur ne continua pas plus long-temps. Lady Caroline s'appercevait que toute sa tendresse affectée ne pouvait rien gagner sur l'affection de Mary, dont le cœur se sentait véritablement repoussé et ne pouvait répondre à aucun des sentimens qu'on lui manifestait, par la persuasion intérieure que tout était tromperie et dissimulation. Lady Caroline en perdant tout espoir de l'abuser, perdit aussi toute patience, même toute affectation de tendresse, et elle reprit le ton de violence et d'autorité.

~~~~~~~~~~~~~~~~~~~~~~~~~~~~~~~~~~~~~

CHAPITRE XVI.

Pendant ce temps, Mary affligée de ne recevoir aucune nouvelle de son cher Lamamon croyait que sa bonne mère manquait d'amitié pour elle , et ne pouvait concevoir aucune raison qui pût aussi long-temps la forcer à négliger de lui écrire. Il lui semblait qu'elle était seule au monde, sans un être sur qui elle put reposer ses affections, ou de qui elle pût espérer quelque retour de tendresse. Toute communication coupée entr'elle et les amies de ses jeunes années semblait avoir suspendu son existence; tous les intérêts de la vie étaient perdus pour elle , les facultés de son âme endormies , et elle ressemblait plus à un automate qu'à un être pensant.

Il y avait alors plus de deux mois qu'elle était à Londres , lorsqu'enfin elle s'écria :

Dieu soit béni! en tenant la lettre tant dé-
sirée qu'elle déchira à moitié dans son empressement pour l'ouvrir, quoique sa gouvernante l'assurât qu'une jeune lady ne devait jamais montrer d'impatience en aucune
chose. Parfaitement certaine qu'elle allait
lire les plus vives expressions de tendresse
maternelle, quelle dût être sa surprise et
son chagrin quand-elle lut ce qui suit.

« Ma chère jeune Lady,

« Je n'espère pas vous exprimer combien
» je vous suis obligée pour l'honneur de votre
» lettre, ni combien j'ai été sastisfaite d'ap-
» prendre que vous êtes bien portante. Peut-
» être pensez-vous que j'aurais dû vous en
» remercier plutôt; mais j'en ai été empê-
» chée. Je me flatte que vous êtes très-heureu-
» se et que vous faites tout ce qui est en votre
» pouvoir pour plaire à lady Caroline et à
» sir James: je serai toujours bien aise de
» l'entendre dire; mais je crains de n'en être

» jamais témoin, étant à présent bien vieille,
» et Londres très-éloigné. D'un autre côté
» ma chère jeune lady, il ne vous convient
» pas maintenant de vous soucier autant
« que j'aille vous voir, et peut-être serait-il
« mieux que vous pensassiez le moins que
« vous pourrez à Lamamon. Mon mari vous
« présente ses devoirs, et je vous supplie
« d'offrir mes humbles respects à lady Caro-
« line et à sir Jrmes : M. Ellis n'est pas
« très-bien portant : il demande que je vous
« fasse ses plus sincères complimens.

« Je suis, ma chère jeune lady, avec
« tout le respect possible, votres-très humble

ÉLÉONORE MORGANT. »

Mary laissa tomber la lettre et s'assit un
moment, pâle et immobile, puis joignant les
mains, elle fondit en larmes.

Lady Caroline entrait dans la chambre
dans ce moment, « Quelle est la cause de
cette émotion? dit-elle. »

« Quelque chose qui est dans cette lettre,
à ce que je crois, Madame, répondit la
gouvernante. »

« Oh ! elle est d'Éléonore, reprit lady
Caroline : eh bien ! à présent vous serez
heureuse, j'espère. »

« Heureuse ! dit Mary. Oh ! Madame, si
vous m'eussiez laissé écrire, comme je le
voulais, je n'aurais pas eu une semblable
réponse. »

Lady Caroline prit la lettre et l'ayant lue :
« je ne vois rien dans cette lettre, dit-elle,
que de très convenable ; elle peut vous convaincre, mon enfant, que ce n'est pas moi
seule qui pense qu'il est temps que vous
oubliiez Lamamon ; votre vieille mère est
elle-même de cette opinion, je l'ai toujours
connue pour une femme de bon sens, sans
quoi je ne vous eusse pas confiée à ses soins. »

Les sanglots de Mary interrompirent
ce que lady Caroline allait encore ajouter.

« Très-positivement je ne veux plus voir
de scènes aussi ridicules ; venez répéter

votre leçon; où bien , Madame de Merville,
il nous faudra trouver quelque bonne punition pour cette méchante fille : je remar-
que qu'elle n'a aucun égard pour ce que
nous disons l'une ou l'autre. »

« J'ose dire que Mademoiselle sera plus
attentive , reprit Madame de Merville ,
et elle apprend très-facilement quand elle
veut. »

« Que faisait-elle , lorsqu'elle a été interrompue par cette lettre ? dit Milady. »

« Elle répétait un verbe français , répondit Madame de Merville. » Eh bien recom-
mencez-le, dit lady Caroline , s'adressant
à Mary, afin que j'entende si vous le savez
parfaitement.

Mary tâcha d'obéir, mais sa voix était
entrecoupée , et la mémoire lui manquait

Lady Caroline s'emporta , la renvoya à
la fin dans sa chambre et lui défendit de
descendre l'escalier de tout le reste du jour.

Aucun ordre ne pouvait lui être plus
agréable : seule elle put enfin pleurer, et

réfléchir sur sa lettre, sans être tourmentée.

« Serait-il vrai, dit-elle, qu'il ne fût plus convenable pour moi de m'intéresser autant à ma chère mère ? ma seule mère! car, hélas! je n'en ai pas d'autre! oh! que ne suis-je morte avant de quitter Lamamon! et encore pas un mot de William! s'il n'est pas convenable pour moi de me soucier de ma mère il est encore moins convenable de m'inquiéter de lui; mais comment le consoler? non, non, je veux l'aimer tant que je vivrai. M. Ellis me fait ses complimens. Quel cruel changement dans toutes choses? mais je ne suis pas changée moi; et jamais je ne changerai. »

Mary sembla renaître, en prenant cette résolution; et elle essuya ses larmes.

« J'écrirai à ma mère, dit-elle; je ne veux pas souffrir qu'il reste un doute sur mes sentimens; et, lorsqu'elle saura tout, peut-être n'écrira-t-elle plus ainsi à sa chère enfant. »

Mary fut prompte à exécuter ce dessein: elle écrivit, et ayant donné la lettre à la femme qui la servait, elle n'avait aucun doute qu'elle ne fût sûrement envoyée à la poste.

Cependant lady Caroline avait trop bien pris ses mesures pour que cela pût réussir elle avait donné ordre que toute lettre adressée à Mary ou envoyée par elle fût remise entre ses mains; ainsi il n'y avait pas un quart d'heure que l'épître de Mary était finie, qu'elle était sûrement déposée dans l'écritoire de lady Caroline.

On ne peut douter qu'Éléonore n'eut pas perdu un moment pour répondre à la premiere lettre de Mary qui montrait trop pleinement le chagrin et la contrainte, qui pesaient sur sa fille bien aimée. Elle y avait répondu d'une manière qui peignait si bien ses sentimens, quoique réservée dans ses expressions, que lady Caroline avait jugé convenable de supprimer entiè-rement la lettre; et en conséquence elle avait écrit elle-même à Éléonore et lui avait expliqué combien il était nécessaire que Mary oubliât Lamamon, exigeant qu'elle lui écrivît de manière à lui faire croire qu'elle-même Éléonore attendait cela d'elle.

Lady Caroline parlait des devoirs des enfans et des devoirs de situation, et disait à Éléonore qu'elle espérait qu'elle écrirait une lettre convenable, afin qu'elle pût la laisser lire à sa fille. Celle qui avait causé à Mary tant de chagrin était la suite de cette demande. Mais ce ne fut qu'après une consultation tenue avec M. Ellis qu'Éléonore se sentit capable de se contraindre à condescendre à la demande de lady Caroline. Il avait fortement représenté qu'il ne convenait pas d'accroître les obstacles à l'obéissance que Mary devait à ses parens; que c'était à Mary de décider le parti qu'elle voulait prendre; qu'elle était assez âgée, et avait assez de bon sens pour n'être dirigée que par sa raison et les sentimens de son cœur.

Éléonore approuva l'opinion de M. Ellis; mais qui peut exprimer tout ce qu'elle souffrit en écrivant la lettre !

Du moment qu'elle avait cessé de suivre
de ses yeux en pleurs la voiture qui empor-
tait sa bien-aimée Mary, jusqu'à celui où
lui fut remise la lettre de son enfant,
elle n'avait connu de repos ni jour, ni
nuit. La conduite que sir James et lady
Caroline avaient tenue, lorsqu'ils étaient
venus réclamer leur fille qu'ils avaient
abandonnée et oubliée depuis dix-huit ans,
et l'expérience d'Éléonore lui avaient fait
prévoir toutes les épreuves et les chagrins
auxquels un changement de situation pourrait soumettre celle qu'elle aimait plus que
sa vie. Elle ne fut pas trompée un instant
par les protestations de tendresse que pro-
diguaient sir James et lady Caroline, et
elle apperçut leur intention de briser tous
les liens d'affection que Mary avait formés
jusqu'alors.

Mais telle était l'opinion qu'Éléonore
avait du cœur de Mary, qu'elle était persuadée qu'il était impossible de lui faire oublier
ses amis ; et le désespoir de William tour-

mentait seul son esprit. Toutefois , elle ne
pouvait lui donner d'espérance, et à peine
osait-elle s'abandonner au désir que Mary
pût par sa constance lui apporter quelque
consolation. Leur union était maintenant
un évènement auquel semblait être opposée
une barrière insurmontable, et telle qu'É-
léonore ne savait lequel devait céder de
l'amour ou du devoir,

Elle avait été vivement sensible aux mauvais traitemens et à l'ingratitude qu'elle avait
éprouvée de la part de sir James et de Mylady ; mais le ressentiment qui l'avait portée
à refuser avec tant de force toute apparence de récompense de la part de sir
James s'était perdu dans ses sensations plus
violentes sur le malheur des autres.

Toute en larmes et d'un pas tremblant,
ses forces abattues par les émotions de
son âme, elle avait, après le départ de
Mary pris le chemin du presbytère. Crai-
gnant de faire trop de peine à M. Ellis

par une prompte communication de l'é-
vènement, qui l'affecterait beaucoup, elle
se préparait à raconter son histoire avec
précaution; mais sa contenance annonça tout
d'un coup qu'elle avait quelqu'évènement
fâcheux à raconter; et M. Ellis se trouva
soulagé en apprenant que Mary, que ce
malheur devait naturellement regarder
était en vie et bien portante.

Cependant quand il considéra toutes les
circonstances de son abandon par ses parens, les vues qu'ils semblaient maintenant
avoir sur elle; lorsqu'il réfléchissait à l'attachement qu'elle avait formé, et à la tournure naturelle de son caractère, il ne
pouvait voir dans l'avenir que les efforts
de l'avarice et de l'ambition contre l'affection désintéressée; et de quelque manière
qu'ils pussent tourner, ils lui semblaient
devoir entraîner sa petite Mary dans quelqu'infortune. Cette idée avait tellement
abattu M. Ellis qu'il était incapable de
donner aucune consolation à Éléonore :

Ils continuèrent à repasser ensemble les événemens du jour, et donnèrent carrière à leur douleur et à leurs gémissemens, répétant sans cesse les mêmes choses, se consumant eux-mêmes en vains regrets et se tourmentant par des maux qui n'existaient que dans leurs conjectures.

Richard les trouva dans cette situation à son retour à la maison : il avait entendu quelque bruit qui s'était répandu sur les aventures du jour, et il avait précipité ses pas, tourmenté par la crainte et l'incertitude : il avait trouvé sa chaumière abandonnée ; et, en entrant dans le parloir de M. Ellis, il vit dans ce moment se confirmer toutes ses craintes.

« Lady Caroline et son cher capitaine sont venus, dit-il, et ont emmené notre enfant. »

A la vue de Richard les larmes d'Éléonore coulèrent de nouveau, et M. Ellis laissa tomber sa tête sur sa poitrine, incapable de parler. Lorsqu'Éléonore eut raconté toute l'histoire et peint sir James et lady Caroline, comme sa pénétration les lui avait fait voir, le chagrin de Richard se changea en indignation ; et la seule circonstance qui put lui causer quelque légère consolation fut qu'Éléonore eût refusé si fermement toute gratification de la part de sir James.

Depuis ce moment si triste, ils s'assemblaient tous les jours pour s'entretenir de leur perte et de leurs conjectures à chaque heure où Mary était, ce qu'elle faisait. M. Ellis retomba malade de chagrin, et, privé de sa garde affectionnée, il recouvra plus difficilement la santé.

Enfin la lettre de Mary arriva ; mais le ravissement en voyant l'adresse se changea bientôt en un surcroît de chagrin, lorsqu'ils eurent lu le contenu. Ces affectionnés et sincères amis crurent lire la confirmation de toutes leurs craintes : ils connaissaient trop bien le cœur de Mary pour n'être pas certains que, si elle eut pu

exprimer ses sentimens, elle ne se fût pas
contentée de ce peu de lignes obscures;
et par la contrainte qu'ils croyaient lui être
imposée, ils jugeaient de ses chagrins et
de ses malheurs.

Éléonore en répondant à sa lettre s'était
efforcée de penser plutôt à ce qui serait
convenable aux yeux de lady Caroline que
d'exprimer ce dont son âme était remplie;
mais ses sentimens avaient été plus forts
que sa prudence, et elle vit l'erreur, dans
laquelle elle était tombée, en recevant la
lettre de lady Caroline. Cependant elle ne
put prendre sur elle d'obéir aux injonctions
de Milady pour le style de la lettre qui
était attendue d'elle, jusqu'au rétablisse-
ment de M. Ellis : il l'avait enfin convaincue que toute opposition aux désirs de lady
Caroline, loin d'alléger les chagrins de
Mary, ne pourrait qu'y ajouter.

Si vous lui écrivez, comme vous le désirez, soyez assurée que votre lettre ne
lui sera jamais remise. Il est possible qu'en

prenant le ton que lady Caroline exige,
vous conserviez une correspondance qui,
à tout évènement, peut être utile à Mary,
et vous consoler vous-même.

Ces argumens l'avaient persuadée. Mais
c'était le cœur navré de douleur qu'elle
avait écrit les lignes qui avaient si fort
affecté la sensible Mary.

CHAPITRE XVII.

En donnant sa lettre à sa femme de chambre, Mary ne lui avait recommandé aucun secret. Il ne s'était pas présenté à son esprit iugénu que cela fût nécessaire : elle savait bien que lady Caroline voulait contrô-ler son style, mais elle ne soupçonnait pas qu'elle eût intention d'empêcher toute correspondance entr'elle et Éléonore. En évitant de parler de son dessein d'écrire, elle songeait plutôt à se garantir de toute contestation qu'à cacher une chose qu'elle pensait non seulement permise, mais encore nécessaire et louable.

Si elle n'avait aucune intention de dissimuler, elle n'avait non plus aucune raison de soupçonner la personne qu'elle avait chargée de sa lettre.

Il était impossible qu'elle pût soupçonner

dans le serviteur soumis, l'insidieux espion chargé de rapporter ses actions les plus indifférentes et de rendre un compte exact de tout regard ou mot indiscret qui pourrait lui échapper. Elle n'avait aucun doute que sa lettre ne prît la route de Lamamon, et que, dans le temps convenable, elle n'en reçût la réponse, qu'elle attendait avec beaucoup d'impatience. Mais lorsqu'elle vit les jours et les semaines passer dans cette attente inutile, elle écrivit encore, et fit suivre cette lettre d'une troisième, avant même qu'il fût possible qu'elle reçût aucune réponse à la seconde ; mais elle écrivit vainement.

Tout-à-coup elle fut frappée par le souvenir de ce qui était arrivé aux premières lettres de William retenues à Lambeder ; et elle ne douta pas qu'un moyen semblable n'eût été pris pour empêcher sa correspondance avec ses amis, ou que lady Caroline n'eût ordonné à Éléonore de renoncer à toute communication avec elle.

Ces réflexions la mirent au désespoir : ignorant l'art de tromper et d'employer aucune supercherie, elle ne voyait pas de moyen d'éviter la surveillance de lady Caroline : elle ne pensait point à corrompre sa femme de chambre, parce qu'elle en était incapable. Convaincue de la droiture de sa conduite, de la justice qu'il y avait à continuer sa correspondance avec Éléonore, n'imaginant pas d'ailleurs qu'il fût nécessaire de ruse ou de mystère, elle questionna soigneusement cette fille sur son exactitude à mettre ses lettres à la poste, et reçut la plus entière assurance qu'elles avaient été soigneusement remises. Ses soupçons s'arrêtèrent donc sur ce que lady Caroline avait défendu à Éléonore de lui écrire, et c'était peut-être des deux suppositions celle qui la blessait le plus. Si elle ne trouvait pas un manque de tendresse dans Éléonore, au moins était-ce montrer trop de faiblesse et de condescendance pour les désirs injustes de lady Caroline;

ce qui ne pouvait être que très-affligeant
pour le sensible cœur de Mary.

Comme lady Caroline n'avait pu inspirer
à Mary aucun amour pour elle, à cause
de la prompte découverte que celle - ci
avait faite des motifs secrets de sa pré_
tendue tendresse, Milady n'avait pas eu
plus de succès dans ses dernières tentatives pour lui inspirer de la crainte par
un traitement sévère et dur.

Mary n'était plus un enfant : sa raison
était très-mûre pour son âge. Il n'y avait rien
dans la conduite de lady Caroline qui lui con-
ciliât le respect, ou qui pût la porter à pré-
férer les principes qui semblaient gouverner
les actions de Milady à ceux par qui Mary
avait été accoutumée à régler les siennes.
Obligée de courber sous l'autorité maternelle, elle ne sentait pourtant aucune crainte
de cette autorité; semblable au faible ro-
seau qui plie sous les fureurs de l'orage
pour être plus droit aussitôt qu'il est passé,
elle n'hésita pas à avouer à lady Caroline

qu'elle avait écrit plusieurs fois à Éléonore, et qu'elle était surprise et affligée
de n'avoir pas reçu de réponse.

« Je ne sais, dit lady Caroline, lequel
des deux admirer le plus de la témérité
que vous avez eu d'agir par vous-même,
ou de la hardiesse avec laquelle vous avouez
cette témérité : imaginez-vous que j'aie pitié
de votre affliction, ou que je vous aiderai
à vous éclairer sur sa cause. »

« Peut-être, Madame, répliqua Mary,
seriez-vous la dernière à m'en informer, si
vous y aviez contribué. »

« Moi *contribuer !* comment puis-je y
contribuer? pensez-vous, mon enfant, que
je voulusse en aucune manière employer
l'art pour obtenir une chose que je puis
assurer par l'effet d'une autorité légitime.»

« Vous n'avez donc pas défendu à ma
mère de correspondre avec moi? dit Mary. »

« Non, je vous assure, je ne l'ai pas fait;
mais il n'y a aucun doute qu'elle voit elle-
même trop bien l'inconvenance d'une sem-

blable correspondance pour la continuer.
Je trouverais certainement moyen de la
faire repentir de sa folie et de son im-
pertinence, si elle était entrée dans une
correspondance clandestine avec vous. »

« Clandestine ! dit Mary ; en vérité, Madame, je n'ai jamais pensé qu'elle pût être
telle. »

« Pourquoi donc ne montrez-vous pas
vos lettres? dit lady Caroline. »

« Parce que vous ne voulez pas me laisser écrire ce que je pense, reprit Mary. »

« Et comment osez-vous écrire ce que
je n'approuve pas ? dit lady Caroline. »

« Oh ! s'écria Mary, comment est-il possible de penser comme vous l'ordonnez? »

« Il est au moins possible d'éviter d'exprimer vos sentimens, reprit lady Caroline, et c'est le moins que vous deviez aux
ordres d'une mère. »

« J'ai compris, dit Mary, qu'il était juste
d'aimer ma chère Éléonore qui, si long-
temps, m'a servi de mère, et de le lui

11 **

dire. Mais si je ne le lui dis pas à ma
manière, elle ne m'entendra pas. Alors elle
m'écrira une autre lettre comme celle que
j'ai reçue, et qui brisera encore mon cœur. »

« Vous voyez qu'elle ne vous écrit pas,
lorsqu'elle peut vous entendre, dit lady
Caroline, avec un sourire dédaigneux; et
je gage que, si elle ne vous répond pas,
vous lui écrirez au moins cent lettres. Elle
connaît mieux son devoir. Et supposez-vous,
d'ailleurs, qu'elle n'ait rien à faire que de
vous écrire ? »

A cette question Mary indignée garda
le silence; mais bientôt elle perdit sa colère en tournant sa pensée encore une
fois sur ce qui pouvait être la cause du
silence d'Éléonore.

Elle n'avait cependant pas encore appris
à douter de la parole de lady Caroline;
c'est pourquoi elle ne la supposa pas plus
long-temps la cause du silence d'Éléonore.
Elle ne pouvait croire non plus qu'il fût
occasionné par une maladie, car alors quel-

qu'un aurait écrit pour elle. Admettant
et rejettant tour-à-tour mille conjectures,
elle finit par s'arrêter à l'idée , que lady
Caroline lui avait inspirée, qu'Éléonore
était elle-même persuadée de l'inconvenance
de leur correspondance.

Ces mots de la lettre qu'elle avait reçue :
« qu'il n'était pas maintenant convenable
» pour elle de se soucier autant qu'elle vît
» Éléonore », fortifièrent cette opinion ;
et à la fin Mary fut convaincue que sa chère
mère cessait volontairement toute communication avec elle , parce qu'elle était persuadée que cela était convenable et que
c'était pour son bien qu'elle en agissait
ainsi.

Elle ne douta pas un instant de la tendresse de son excellente amie; et si elle
était un peu fâchée de son jugement, elle
était plus prompte à trouver une apologie
pour sa bonne mère , qu'elle ne l'aurait
été à trouver une excuse pour aucune de
ses propres fautes.

Comme elle savait qu'Éléonore ne faisait
rien sans consulter M. Ellis, elle conclut
qu'il serait également inutile de lui écrire:
cependant elle ne pouvait consentir à renoncer à ses liaisons de Lamamon ; et son
désir de connaître quelque chose de la
situation de William et de l'assurer de
sa constance était devenu si pressant et
si vif qu'il ne lui laissait aucun repos.

En perdant toute communication avec
Lamamon, elle perdait aussi toute possibilité de s'adresser à William, lui-même:
elle ne savait pas où il était. Il l'avait in-
formée dans sa dernière lettre, qu'il allait
entreprendre un voyage de quelques cen-
taines de milles, et il lui disait qu'il lui
ferait savoir où elle pourrait adresser ses
lettres, la première fois qu'il lui écrirait.
A qui donc pourrait-elle s'adresser ? la
question était embarrassante. A la fin elle
se détermina de s'adresser à miss Challoner.
Elle n'avait aucun doute que sa lettre ne fît
une impression favorable, ayant beaucoup.

trop de raison de connaître le respect que toute la famille payait à la richesse et à la considération ; et elle était persuadée que Humphry lui-même regarderait ces informations comme une faveur. Elle fit taire tous les scrupules que quelques mélanges d'orgueil et de délicatesse élevaient contre ce projet par l'espérance de recevoir des protestations de tendresse et de respect de la part de William. Sa lettre était ainsi conçue :

« Que de choses surprenantes me sont
» arivées, ma chère Jenny, si surprenan-
» tes que j'ai peine à me connaître moi-
» même; mais la plus étonnante de toutes
» serait qu'elles m'eussent fait oublier
» mes amis du pays de Galles. Non , ma
» chère Jenny, cela ne peut jamais arriver
» tant que j'aurai de la mémoire pour
» quelque chose ; mais est-il aussi certain.
» que mes chers amis ne m'ont pas ou-
» bliée ? j'ai écrit à ma chère mère , et
» elle n'a pas répondu à mes lettres. Je

» pense à William sans cesse , et il ne
» fait pas paraître qu'il pense à moi. Avez-
» vous aussi oublié votre ancienne com-
» pagne Mary? nous avions coutume d'être
» amies, et si nous ne l'avons pas toujours
» été, c'était loin d'être d'accord avec mes
» désirs. Soyons amies à l'avenir. En vé-
» rité , ma chère Jenny, vous n'aurez ja-
» mais de raison de vous plaindre de moi.

» Je vous demande, ma chère, de vouloir
» bien faire deux choses pour moi; d'abord
» d'aller trouver ma chère mère, et de lui
» dire qu'elle me fait pleurer nuit et jour,
» par ce qu'elle ne m'écrit pas. Dites lui
» que, si elle n'a pas entièrement cessé de
» m'aimer, elle m'écrive quelques lignes seu-
» lement, pour me dire qu'elle m'aime; que
» mon cher père , elle-même et M. Ellis
» sont bien portants. C'est tout ce que je
» lui demande.

» Mais, ma chère Jenny, ne voudriez-vous
» pas faire plus pour moi? c'est la seconde
» chose que j'ai à vous demander. En vérité

» si vous m'aimiez toujours un peu , si vous
» saviez dans quelle anxiété je suis , vous
» ne voudriez pas me refuser ; et qui me
» dira ce que je désire savoir, si vous ne
» le voulez pas ? Où est William ? est-il bien
» portant ? pense-t-il encore à moi ? et croit-
» il que je pense toujours à lui ? ah ! s'il
» pouvait voir mon cœur , il saurait com-
» bien je hais toutes les belles choses qui
» semblent établir des distinctions entre lui
» et moi. Leur éclat pourrait m'être agréa-
» ble , si je croyais les partager avec lui :
» mais je les déteste , si elles doivent être le
» prix de ma renonciation à lui.

« Avec quelle sincérité je me souhaite
» encore dans une petite chaumière à Lama-
» men ! en vérité, j'étais là mille fois plus
» heureuse que dans cette fastueuse maison
» toute dorée et brillante de glaces. Si je
» savais où il est , je lui écrirais et lui dirais
» tout cela, et ne voudrait-il pas m'écrire
» lui ? mais s'il ne peut le faire, vous , ma
» chère Jenny , n'y manquez pas et écrivez.

11 ***

» moi promptement, car je n'aurai aucun
» repos jusqu'à ce que j'aie reçu de vos
» nouvelles.

» Oh ! si vous saviez combien de nuits
» j'ai passées sans dormir, et où je ne pou-
» vais fermer les yeux, parce que je pensais
» à William, vous vous hâteriez de me
» dire s'il se porte bien, et s'il n'a pas ou-
» blié sa pauvre Mary.

« Il faut m'adresser votre lettre sous mon
» nouveau nom, dans Portclar-place, à
» Londres.

« Croyez-moi, ma chère Jenny, je ne
» serai jamais autre que

» Votre affectionnée

« MARIE SEABIRGHT.

Quand Mary eut fini sa lettre, il se
présenta à sa pensée que, quoique sa correspondance avec Éléonore n'eût pas été
interdite, il lui avait été expressément dé-

fendu d'écrire à William , où même de
s'informer de lui ; et que maintenant que
l'on savait qu'elle avait envoyé des lettres
hors de la maison sans consulter Lady Caroline sur leur contenu : il était très-pro-
bable que sa femme de chambre pourrait
avoir reçu l'ordre de ne pas s'en charger
davantage : ne pouvant se résoudre à hasarder cette lettre, elle se détermina donc
à ne dépendre que d'elle-même.

Elle avait remarqué plusieurs fois , en passant dans la salle à manger , les lettres po-
sées sur une table dans l'anti-chambre pour
être mises à la poste. Elle pensa que si elle
pouvait mêler la sienne avec les autres, par
ce moyen toutes seraient envoyées ensem-
bles sans aucune contestation. Elle exécu-
ta cette petite supercherie avec facilité et
succès, et elle eut le plaisir de voir sa lettre
remise entre les mains du facteur peu de
momens après qu'elle l'eût déposée : tranquille sur ce point important, elle ne pensa
plus qu'à la réponse qu'elle devait recevoir.

La vitesse de la poste fut si disproportionnée avec la distance incalculable que Mary
imaginait avoir été mise entre elle et Lamamon que cette réponse arriva avant même
que son impatience l'attendit; mais elle la
reçut des mains dans lesquelles elle supposait peu qu'elle tombât.

Un jour qu'elle était, suivant l'usage, à
écouter les leçons de sa gouvernante, lady
Caroline entra dans sa chambre tenant une
lettre ouverte dans sa main. Ses yeux étaient
enflammés de colère, et toute sa personne
défigurée par la fureur. Elle vint droit à
Mary, et avec un geste qui lui fit croire
qu'elle voulait la frapper : « Oh misérable !
ngrate ! tu n'es pas digne d'être ma fille.
Ame basse ! méprisable créature ! prends
cela, s'écria-t-elle, lui jettant la lettre : si
je pouvais imaginer une plus sévère puni-
ion que ne sera la lecture de ce e lettre,
je voudrais te l'infliger. Mais ton âme rem-
pante sera elle même révoltée contre une
nsulte semblable à celle que contient cette

lettre, rejettée comme tu l'es, oui, rejettée par les misérables que tu as eu la bassesse de rechercher ! oh ! continua-t-elle se laissant tomber sur une chaise, épuisée par la fureur : c'est ma fille, c'est la petite fille du comte L..., qui peut se comporter ainsi ! »

Mary, tremblante de tous ses membres, effrayée par un accès de colère tel qu'elle n'en avait jamais vu défigurer les formes humaines, s'assit pâle et immobile, incapable de regarder la lettre et ne pouvant pénétrer la cause ou demander le sujet d'une si violente fureur.

Un torrent de larmes ôta un moment à lady Caroline le pouvoir de parler ; mais recouvrant la voix : « Dites-moi, malheureuse créature, s'écria-t-elle, comment avez-vous imaginé écrire encore, sans que cela me fut connu ? combien ai-je vainement tenté de vous guider par la tendresse et l'affection? la chose est impossible; il faut que vous soyez conduite avec une verge de fer, et vous le serez.

Quant à ce rustre après qui vous courez avec un tel manque de délicatesse pour ne pas dire d'impudence, recevez ma parole que je consentirais à vous voir morte, plutôt que de vous voir continuer votre odieuse correspondance avec lui.

Les vues que j'ai et que sir James a sur vous seront exécutées. Et ressouvenez-vous de ce que je dis positivement, que si dès ce moment vous ne bannissez pas ce misérable de votre cœur, vous pouvez vous attendre que je vous ferai souffrir jusqu'au dernier moment de votre vie. Conduisez-la, continua lady Caroline, en se tournant vers Madame de Merville, conduisez-la à sa chambre, et qu'elle y reste une semaine, je ne puis supporter sa vue; et nous éprouverons si le jeûne et la prison pourront l'amener à sentir convenablement ce qui appartient à sa naissance et à sa fortune. Prenez cette lettre avec vous, et puisse chaque mot vous percer le cœur, comme il a percé le mien. »

«Mon Dieu! dit Mary, en se levant toute tremblante pour accompagner Madame de Merville, et tout cela, parce que je l'aime!....... qui donc est plus digne de tendresse que lui? qui voulait sacrifier aisance et fortune pour l'amour de moi?»

La violence de lady Caroline avait tellement abattu les esprits de Mary qu'elle fut quelque temps avant que de se remettre assez pour lire la lettre que celle-ci avait annoncée en termes si dégradans et si alarmans: enfin elle reprit courage, et elle ne put, malgré l'état de son âme, retenir un sourire en lisant une composition si absurde et si curieuse.

Miss Challoner à Miss Seabright.

» MA CHERE MISS,

« Car je connais une meilleure manière » que de vous appeller Mary maintenant, » quand même je serais sûre que vous êtes » aussi indulgente que je suppose que vous

» pouvez l'être en m'appellant chère Jenny ;
» mais tout un, car certainement vous êtes
» Mary à présent aussi bien que vous l'étiez
» alors ; mais je ne voudrais pas que vous
» imaginassiez que j'ai été dans une pension
» inutilement.

» Qui aurait cru vous voir jamais à une
» telle place ? assurément on ne peut s'at-
» tendre que vous connaissiez rien aux cho-
» ses que l'on fait dans le monde. »

» Mais ce n'est pas l'affaire ; je vous écris
» pour vous remercier de la faveur de votre
» lettre ; cependant disons tout ; une si
» grande faveur prend sa source dans le
» marché, et quant à vos informations,
» miss, si je puis être assez hardie que
» de dire mon sentiment, vous pourriez
» aussi bien les avoir laissées de côté : que
» peut-on répondre à vos questions sur
» mon frère à présent que vous êtes une
» lady ? pour sûr vous êtes maintenant un
» morceau pour son maître.

» Bien que de même chair et de même

» sang, comme vous avez toujours été ;
» et pour sûr , papa lui a répété de ma
» nière qu'il est devenu de son opinion,
» car certainement William n'est pas un
» fou, quoiqu'il ait sûrement beaucoup
» trop donné aux livres et à la science,
» et qu'il ait, dans le temps pasé, un peu
» trop rafolé de vous ; mais ce qui est
» certain, c'est qu'il a donné son consente-
» ment pour épouser miss Fluellin ; et nous
» sommes tous très-satisfaits ; et je suppose
» que nous aurons une noce dans peu. Ainsi
» il ne serait pas joli, à vous, miss, d'écrire
» à William. Mais certainement cela ne peut
» pas vous tourmenter ; car je garantis, miss,
» que vous pourrez avoir un jour un duc ou
» un comte , et il y a le grand écuyer qui,
» à ce que je devine, est prêt à se pendre
» pour ne vous avoir pas fait l'amour ,
» d'après une autre méthode. Mais cela
» aurait été tout un , car je calcule pour
» un lord.

» La vieille Éléonore dit que vous avez
» une maison toute couverte d'or, de gla-

» ces et de pierres précieuses, justement
» comme nous lisons dans les livres d'his-
» toire; et vous dites que vous vous souciez
» peu de ces choses, ni plus ne fais-je.

» Pour les domestiques : Dieu me bé-
» nisse, elle dit qu'on ne peut les comp-
» ter; et que votre maman est lady Caro-
» line, que votre papa sir James est lord,
» qu'il arrive d'étranges choses! mais com-
» me je dis à maman ces choses là ne
» font rien, et contentement fait tout;
» et je pense comme vous, miss, que je
» puis être aussi satisfaite à la ferme de
» Lambeder, que vous dans votre grande
» maison de la ville de Londres; non,
» miss, je ne vous l'envie pas, car comme
» je dis à maman, envier c'est un péché;
» mais je pense que c'est pitié que vous
» n'ayez pas plus appris, puisque vous êtes
» née lady; car sûrement vous ne pouvez
» rien connaître aux choses polies, et papa
» dit que s'il avait pu savoir sur quoi posait
» le terrain, il vous aurait soignée et donné

» une année d'école ; car pour sûr il au-
» rait été bien payé, et vous auriez appris
» à jouer du clavecin et beaucoup d'au-
» tres choses et à vous conduire dans le
» monde comme je fais ; vous auriez pu
» apprendre à broder au tambour, et tout
» ce qui, comme dit papa, conviendrait
» maintenant à votre place.

» Mais je lui réponds : papa, ce n'est
» pas une si grande affaire, car *richesse*
» *couvre tout* : et ainsi je suppose que les
» lords ne diront rien sur votre ignorance :
» certainement ils doivent être beaucoup
» trop polis : ainsi, miss, j'espère que vous
» ne penserez plus à mon frère : je parle
» pour votre bien, car papa dit qu'il ne
» voulait pas de vous quand vous étiez
» pauvre et qu'il ne veut pas de vous
» maintenant que vous êtes riche ; il n'est
» pour aucune mésalliance : que chaque
» personne garde son état et tout ira
» bien. Quand même il viendrait d'une
» ancienne famille comme vous, mon frère

» est pour bien faire dans le monde, et
» par son père et de son propre travail;
» en outre, il a de bonnes espérances;
» il n'est pas assez fou que de penser à
» vous maintenant; car William et misse
» Fluellin se conviennent bien mieux, et
» mon frère à présent est du même sen-
» timent que nous, et j'ose dire que nous
» serons tous heureux, aussi heureux que
» vous, miss, si ce n'est pas plus : des
» respects de tous vos anciens amis, et
» je suis, miss, votre humble servante,

Jenny CHALLONER.

» J'ai été, comme vous le désiriez, chez
» votre vieille mère Éléonore : elle ne se porte
» que faiblement; mais elle n'a eu qu'une
» lettre de vous à laquelle elle a répondu :
» elle vous présente ses devoirs; maman
» vous fait ses complimens; elle dit qu'elle
» a toujours pensé que vous étiez quelque
» chose, mais, pour mon propre compte,

» je n'ai rien vu 'en vous de si extraordi-
» naire ; je n'en dis pas plus. »

Dans cette admirable épître, Mary vit
l'ancienne envie de Jenny sous le déguisement affecté du contentement, et elle ne
crut pas un moment à l'assurance que William avait enfin consenti à épouser miss Fluc'-
lin. Elle sentait que cela était impossible
et tout ce qui la tourmentait c'est qu'elle
voyait qu'il était maintenant inutile d'espérer aucun renseignement sur lui par sa famille; et elle ne savait par quel autre moyen
communiquer avec lui.

Elle avait cependant acquis la connaissance de deux points importans par la lettre
de Jenny, qui l'un et l'autre étaient satisfai-
sans; le premier que William était retour-
né en Angleterre, et l'autre qu'Éléonore
n'ayant pas reçu ses lettres, son silence ne
pouvait être attribué à son opinion sur
l'inconvenance de leur correspondance et
encore moins à l'affaiblissement de la tendresse d'Éléonore.

Mary, ne put pas s'empêcher plus long-
temps d'attribuer la suppression de ses
lettres à lady Caroline. C'est pourquoi elle
perdit dès ce moment tout respect pour
son autorité. Comme il était certain qu'on
l'empêcherait de nouveau d'écrire à qui que
ce fût, si enfin elle ne trouvait dans son
imagination le moyen de maintenir sa correspondance avec Lamamon, c'était la seule
inquiétude qui lui restât dans l'esprit.

Les premiers effets produits par la fureur de lady Caroline disparurent bientôt;
et, quant à la retraite qui lui était imposée,
elle y était indifférente. Elle respectait
trop peu lady Caroline pour se sentir
affectée de son mécontentement.

CHAPITRE XVIII.

LA CAPTIVITÉ de Mary fut beaucoup moins longue que lady Caroline ne l'en avait menacée. Sir James n'avait pas accompagné sa famille à la ville, lorsque Milady avait été forcée d'y revenir pour surveiller l'éducation de Mary. Tout le plaisir que pouvait lui faire espérer le caractere aimable de sa fille, ne put l'emporter sur son goût pour la campagne, séjour d'usage, pendant les mois de Septembre et d'Octobre, pour toute personne fréquentant les hautes sociétés de Londres. Il avait passé cette saison dans les occupations ordinaires d'un homme à la mode : il avait suivi plusieurs courses, visité un ou deux des endroits où la grande compagnie se rassemble pour prendre les bains de mer ; et aux approches de l'hiver il avait été entièrement occupé du plaisir de la chasse.

A la vérité, dans l'intervalle de ces sé-
rieuses occupations, sir James était venu
plusieurs fois visiter sa maison de ville, et avait
toujours trouvé des raisons pour désapprouver la sévérité de lady Caroline envers son
élève. Mais il ne pouvait prendre sur lui
d'abandonner des occupations beaucoup
plus de son goût que l'ennuyeux assujétisse-
ment de surveiller le bonheur de son enfant.

Il vit avec beaucoup de satisfaction les
progrès que Mary faisait dans tous les arts,
qu'on lui enseignait avec tant d'assiduité ;
et il était certain que l'hiver ne se passe-
rait pas avant qu'il formât pour elle un établissement, qui l'émanciperait de la tyrannie
de lady Caroline, et qui accomplirait ses
désirs les plus ambitieux.

Sir James était enfin de retour pour
résider tout à fait à la ville; il n'en était absent qu'accidentellement, le jour que la
lettre de miss Challonner était tombée dans
les mains de Milady.

Elle lui fut montrée à son retour, et

lady Caroline l'instruisît de la [punition
qu'elle avait imposée à Mary.

« Comment avez vous souffert que la co
lère troublât ainsi votre jugement, s'écria
t-il? et comment avez vous pu la traiter avec
mépris sur un semblable manifeste où rè-
gne l'oubli de toute bienséance? laissez faire
les impertinences de cette sotte Miss, elles
opéreront sur son orgueil, et cette lettre
aurait fait plus pour chasser le jeune cam-
pagnard de son cœur que toute la sévérité
que nous pourrions mettre en usage. »

« Je vois que la contrainte ne peut rien
sur un tel caractère, et il ne faudra y avoir
recours que pour disposer de sa main, si
par évènement tout autre moyen était inutile: alors je me joindrais à vous, et vous
pouvez être assurée qu'il n'y aurait dans
ce cas aucune sévérité que je me fisse scrupule d'employer, plutôt que de ne pas
disposer d'elle comme il me plaira dans
le choix d'un mari. »

« Mais nous devons maintenant cacher

cette intention, tâcher de l'amener à nos sentimens par la douceur, la faire penser comme la plus grande partie de son sexe, et comme il est très-surprenant à mes yeux qu'elle
ne pense pas encore. »

« — Voulez-vous souffrir, dit vivement lady Caroline, qu'elle entretienne l'espoir que
nous donnions jamais notre sanction à cette
monstrueuse passion ? une semblable dupli-
cité serait inutile, dit sir James; je m'expli-
querai entièrement sur l'impossibilité que
nous puissions jamais donner une semblable
approbation, mais sans menaces, ni colère,
qui ne serviraient qu'à la jeter dans l'hé-
roïsme de la résistance. Laissez au temps,
et aux agrémens de cette ville à faire le reste. »

« — J'avoue que je perds toute patience,
dit lady Caroline, quand je pense à la bassesse de son âme, et j'ai peine à m'empêcher
de la frapper. Si elle eût prononcé un seul
mot impertinent, je l'eusse certainement
fait. — Eh bien, reprit sir James, voyons la
maintenant; je vais lui expliquer notre résolution et nos desseins sur elle. »

Lorsque Mary parut, sir James exalta
beaucoup la douceur et la tendresse avec
laquelle on l'avait traitée, et dont il la supposait bien convaincue. Il n'imputait, « dit-
il, la faute dans laquelle elle était tombée
qu'à l'erreur, et à ce qu'elle n'avait pas parfaitement entendu ses propres avantages
et les intentions de sa famille. »

« Mais, ajouta-t-il, en lui prenant doucement la main, tout avertissement sur ce
sujet serait désormais superflu : je ne veux
pas vous dire que vous êtes rejetée avec
toute l'insolence de la fortune et la pré-
somption de la bassesse, car je ne désire
pas exciter votre rougeur ni ajouter à votre
mortification. Elle sera bientôt effacée par
le sentiment de ce qui et dû à votre famille et à vous-même. »

« Je n'ajouterai pas qu'aucune communication quelconque ne vous sera permise avec
cette famille; parce que je suis sûr que vous
seriez vous-même révoltée par l'idée d'une
semblable correspondance; et je ne doute

12**

pas que vous n'entendiez dire avec plaisir
et reconnaissance que vous êtes destinée à
orner un des plus hauts rangs du royaume.

« Votre beauté, mon amour, vous assure
un établissement brillant; et tous vos efforts
pour vous en écarter ne peuvent empêcher
l'élévation à laquelle vous êtes destinée.
Vous devez maintenant trouver vous-même
par une application assidue, les moyens d'occuper dignement le rang auquel vous êtes
également appelée par votre naissance et par
votre fortune.

« A présent, mon amour, ajouta-t-il en
l'embrassant, oublions toute chose désagréable; allez vous excuser auprès de lady
Caroline; demandez-lui pardon du chagrin
que vous lui avez causé, sans intention. »

Mary restait immobile et silencieuse,
n'ayant pas dans ce moment le courage d'a-
vouer la constance de son affection pour
William, ni assez de fausseté pour affecter
l'intention de le sacrifier.

— « J'espère, mon enfant, dit lady Caroline, que vous êtes maintenant convaincue de la vérité de tout ce qu'a dit sir James. »

— « Je ne suis point rejetée par William, reprit Mary, et je n'ai jamais cessé de l'aimer. »

« Eh bien, sir James, vous l'entendez ; s'écria lady Caroline ! » ....

Rien qui me surprenne, interrompit sir James. {Dans un autre temps, ma chère, vous penserez différemment; vous saurez que votre devoir est d'obéir à vos parens, et vous ne craindrez pas, j'en suis sûr, d'avouer à lady Caroline que vous êtes fâchée de lui avoir causé ce chagrin. »

« Je ne voudrais causer de peine à personne, dit Mary ; et je ne sache pas que j'aie rien fait qui puisse affliger Milady.

— « Je sais que vous ignorez l'importance de ce que vous avez fait, et lady Caroline vous pardonne. »

Milady ne donna aucune approbation à cette assurance ; mais sir James sembla regarder le pardon comme accordé. Il fit

asseoir Mary, et commença à converser sur
différens sujets.

Mary fut aussi peu trompée par l'art et
les caresses de sir James qu'elle n'avait été
intimidée par la colère et les menaces de
lady Caroline. Elles servirent également à
fortifier son attachement pour la douce sincérité de caractère à laquelle elle avait été
accoutumée dès son enfance dans la vallée
de Lamamon et à confirmer le mélange de
mépris et d'aversion qu'elle avait conçus
pour les manières et les principes de ceux
avec qui elle vivait maintenant.

Elle sentit que toute résistance envers
sir James et lady Caroline serait inutile ;
elle se trouva surveillée si exactement, que
ne voyant aucune probabilité que ses lettres
pussent parvenir, elle n'osa les risquer.
Tout ce qu'elle pouvait faire était de s'affermir dans la résolution de maintenir la
constance de ses affections, en dépit de
toute opposition, de se consoler de sa
situation présente et de tous ses désagré-

mens par une forte confiance dans l'attachement et dans la fidélité de William,
et d'attendre patiemment un temps plus
fortuné.

Il était véritablement très-heureux pour
Mary que la nature l'eût douée d'un caractère qui, comme dit le Sage, *est une fête
continuelle* : c'était à cette époque la seule
fête qu'eut la pauvre Mary, car lady Caroline trouvait toujours le moyen de la tourmenter. Tout ce que Mary faisait ou omet-
tait de faire était un sujet d'irritation pour
Milady, qui n'appréciait point l'élégante
simplicité et la beauté naturelle du caractère de sa fille : tout ce qui ne s'accordait
pas avec les règles de la politesse artificielle
qui distingue les gens du grand monde, et
ce que l'on appelle bonne éducation, était
un tourment pour lady Caroline qui, n'ayant
aucune disposition à souffrir seule, n'était
jamais contrariée qu'elle ne doublât, pour
Mary, la peine qu'elle éprouvait.

Lorsqu'il arrivait à celle-là de manquer

à des choses si importantes, par son empressement, pour corriger cette prétendue
rusticité dont elle était tant choquée, elle
s'éloignait de son but. Mary commençait à
se soucier peu d'acquérir cet usage du
monde et cette politesse qui lui coûtaient
tant de réprimandes avant qu'elle pût les
connaître : et voyant le ridicule des anxiétés
de Milady et de plusieurs des manières
qu'elle s'efforçait de lui donner, Mary riait
en secret des unes et des autres; et quelquefois moitié par malice, affectait d'ignorer
ces importantes règles de conduite dont
alors elle était parfaitement instruite. Elle
prit à cette époque un maintien et des
manières élégantes et simples qui, jointes
à sa beauté et à l'innocente gaieté de son
caractère, lui attirèrent plus d'éloges que
n'auraient pu faire toutes les grâces artifi-
cielles que lady Caroline était si empressée
de lui voir posséder.

Les hommes la trouvaient charmante,
et les femmes en convenaient, sans doute

pour cacher l'envie qu'elles devaient éprouver. Cependant à peine lady-Caroline souf-
frait-elle que sa fille se montrât ailleurs que
dans sa maison ; là , elle travaillait sans
relâche à son éducation ; il n'y avait pas
une heure dans le jour où Mary ne prît
quelque leçon, ou ne se préparât à recevoir les avis de ses instituteurs.

Mary avait un vif désir de savoir les
langues qu'on lui enseignait, et ses progrès
étaient proportionnés à son désir : elle était
aussi fort attentive aux leçons de son maître
de dessin, et s'en occupait avec plaisir et
activité. Mais les maîtres de danse et de
musique l'ennuyaient à mourir ; non qu'elle
n'aimât pas la musique et la danse ; mais les
principes minutieux de l'une et de l'autre
lui paraissaient fatiguans et insupportables.

Elle avait été habituée à chanter les airs
rustiques de ses montagnes, sans règle ni
méthode et à sauter en mesure au son d'un
violon, ne faisant d'autres pas que ceux
de sa composition. Elle écoutait avec très-

peu de patience les termes thecniques et
les distinctions de l'art, dont les signor
Martinelli et M. Blanché faisaient usage.

———————

~~~~~~

CHAPITRE XIX.

Un matin que Mary était assise, attendant tristement ses persécuteurs journaliers, on vint lui dire qu'il y avait en bas quelqu'un qui désirait lui parler.

« Quelle est cette personne, demanda Mary ? — Une espèce de paysan ; pas un Monsieur, répondit le domestique : ce n'est cependant pas un homme de mauvaise tournure non plus : je crois qu'il s'est nommé *Challoner*. »

Mary ne fit qu'un saut du sopha, sur lequel elle était assise, jusqu'au bas de l'escalier.

— « Mon cher William, s'écria-t-elle, je avais que cela était faux, je savais que vous ne m'oublieriez jamais ! »

Puis se rappellant tout-à-coup qu'elle était observée par les domestiques qui pas-

saient dans la salle, elle s'éloigna de leurs
regards. — « Venez par-ici, mon ami, dit-
elle à William; racontez-moi tout ce qui
se passe dans notre cher Mérionet. »

En parlant ainsi elle le prit par le bras,
et ils allèrent ensemble dans l'appartement
qu'elle venait de quitter.

Six mois de séjour à Londres, un cos-
tume différent et les manières de ce qui
s'appelle la meilleure compagnie avaient
fait un changement frappant dans la personne de Mary. Heureusement pour William et pour elle-même, son âme était
aussi franche et aussi pure que lorsqu'elle
respirait l'air des montagnes de Galles.
Mais, dans ce moment, William n'en pouvait juger que par intervalles.

Il arrêta ses regards un instant sur elle
avec une douce et mélancolique surprise;
puis les jettant sur la splendeur dont elle
était environnée, il se laissa tomber sur
une chaise; et, s'abandonnant un instant
à la défiance, il souffrit toutes les angoisses
du désespoir.

— « Mon Dieu, s'écria Mary, qu'avez-vous ? quel malheur est-il arrivé ? ma chère mère se porte-t-elle bien ? notre bon M. Ellis ? j'espère qu'aucun accident ne lui est arrivé ? tous vos amis ?....

« Tous sont bien portans, reprit William. Aussi bien, continua-t-il, avec un profond soupir, que puissent être ceux qui vous aiment et qui vous ont perdue ! »

— « Qu'est-ce donc qui vous afflige, ô William ? est-ce ainsi que nous nous retrouvons après une aussi triste absence ? et m'auraient-ils dit vrai ?....

— « Plût au ciel, ma chère Mary, que je pusse vous retrouver avec votre corset brun et votre petite cornette d'enfant, sur le gazon devant la porte de notre bon curé ! »

— « Oh ! maintenant je vois ce qui vous afflige : vous pensez que ces belles mousselines traînantes qui me font trébucher à chaque pas, ces brillans rubans dont mes cheveux sont ornés, ces belles glaces et leurs éclatantes bordures, et ces tapis couverts de fleurs, vous pensez que tous ces riens, dont je ne me soucie nullement, ont changé mon cœur et mon âme? »

« — O Mary ! un si grand changement de circonstances !..... je suppose que si vous deviez devenir reine de toute l'Angleterre, William ne serait pas assez fortuné pour devenir votre roi. »

« — Si j'étais reine de vingt royaumes, je renoncerais à la souveraineté, si vous ne vouliez point la partager avec moi ; et cependant vous supposez que tous ces vains ornemens dont je suis entourée peuvent me faire oublier William ! je vous remercie de votre bonne opinion. »

— « Ce n'est pas de vous que je doute, mais de ceux de qui vous dépendez. Très-chère Mary, pardonnez-moi..... mais tout ce que je vois..... et entends......

« — Vous me voyez et m'entendez telle que j'ai toujours été. Que fait un vêtement de toile brune ou une robe de mousseline?

voici ma main, William, recevez ma parole qu'il n'y a personne sur la terre qui puisse me faire changer que vous-même : et alors ce ne serait pas moi qui changerait, mais vous. »

William la serra dans ses bras.

« — J'ai, dit-elle, beaucoup à dire et beaucoup à entendre, et nous pouvons être interrompus à tout moment. »

« — Mais vous semblez être votre maîtresse, et ne pas craindre de me reconnaître publiquement. »

— « Oh ! quant à vous reconnaître, dit Mary, en entendant prononcer votre nom, toute autre pensée a disparu, et, dans mon empressement, j'aurais volé au-devant de vous, quand même j'aurais dû rencontrer lady Caroline. Mais être maîtresse de moi, ah ! William, combien vous vous trompez ! non, non : je ne suis maîtresse de rien que de votre cœur et de mes propres affections. — Très-chère Mary !..... — Ne m'interrompez pas : nous avons peu de temps à nous ; je veux vous faire connaître ceux avec qui je vis. »

« Mon papa , sir James , a un tendre regard et de douces paroles ; mais il a un cœur dur, William..... maman, lady Caroline , est toute passion et fureur ! et puis il y a ma gouvernante... ⸺ « gouvernante ! répéta William ? » ⸺ « Oui , car , quoique vous pussiez penser de moi dans le pays de Galles , je ne suis ici qu'une enfant bonne à garder dans la chambre de la nourrice, et mise dans un coin quand je suis méchante. Je ne sais encore ni marcher , ni parler , ni manger. »

« J'ai une gouvernante pour m'enseigner de si utiles connaissances : » *oh ! fi ! aucune jeune lady ne coupe ainsi sa viande... votre cuiller. ... quel est ce mot, je vous prie ? que je ne l'entende pas davantage.... je crains que vous ne soyiez incorrigible.* »

« Que pensez-vous de tout cela, William ? mais ce n'est rien encore ; elle me tourmente sans cesse pour quelques-unes de mes hor-

ribles mal-adresses , comme les appelle
maman Caroline, et qui troublent véritablement toute la paix de sa vie. Heureusement elle est dehors ce matin pour une
affaire importante. »

« J'ai un maître de chant et un maître
à danser. == Chanter et danser , ma chère
Mary ? quel rossignol chante aussi bien
que vous ? quelle chèvre bondit avec la
moitié de votre grâce et de votre agilité ? »

« Ah ! si lady Caroline vous entendait, elle
s'évanouirait à ces mtos. « Vous mourriez
de rire, si vous me voyiez sous la direction
de M. Blanché; mais moi j'y meurs d'en-
nui; *Première position , seconde position.
Sautez , s'il vous plaît, mademoiselle.* Comme si nous ne savions pas sauter dans le
pays de Galles ! mais tous ces soins sont indispensables, pour que je ne fasse pas expi-
rer maman aves mes gaucheries. Je m'effor-
ce de trouver moyen de l'empêcher de s'é-
vanouir de honte , lorsqu'elle m'introduira

dans le monde ; car à présent je ne vois personne qu'à la maison, et j'y suis regardée
comme un enfant. »

« Maman avait pensé à ne me donner que
quinze ans ; mais la date de son départ pour
l'Inde étant trop bien connue, cela était
impossible. Ainsi elle est obligée de se con-
tenter de déplorer son malheur « d'être la
mère de tant de rusticité sous la forme
d'une fille de dix-huit ans, et d'engager
tous ses amis à la plaindre et à l'aider à
polir cette grossière statue. »

« Cher William, quelquefois je ris,
mais souvent je pleure de me trouver l'objet
de chagrins si irritans, et de tant de soins
inutiles. Les Dames m'appellent la *petite
sauvage*, et les Messieurs la *belle sauvage.*
Et pour vous dire la vérité, je crois que
quelques-uns d'entr'eux ne semblent pas me
trouver plus mal pour mes *gaucheries*,
comme les appelle maman ; et un vieux gentil-homme qui la visite souvent, l'assure que
c'est dommage de gâter tant de naturel.

Mais maman lui impose silence, prétendant qu'il est un sauvage lui-même. »

J'apprends aussi, mon cher William, le français et l'italien; j'y mets toute mon application et mes moyens. Je pense au plaisir que j'aurai à vous les montrer, et lorsque les travaux de votre journée seront terminés, combien nous serons heureux pendant que vous lirez tout haut, et que je travaillerai près de vous.

« — De si heureux jours ne viendront jamais, dit William avec un profond soupir. »

« Qui pourrait les empêcher, reprit Mary? à vingt-un ans je serai ma maîtresse. Vous savez que je n'ai jamais été impatiente de me marier; mais je vous ai toujours dit qu'il fallait travailler et que lorsque vous auriez une petite chaumière ou une jolie ferme, je serais votre femme. »

« Puisque vos parens ne m'aiment point, je ne veux leur avoir aucune obligation; et vous ne voudriez pas que nous nous unissions pour éprouver le besoin. »

— « J'aurais peut-être pris patience, dit
William, si vous étiez restée à Lamamon, car
alors je vous aurais vue au moins toutes les
semaines, et je n'aurais rien eu à craindre.
Mais ici prenant chaque jour de nouvelles
leçons pour oublier Lamamon et moi-même,
entourée de lords et de ladys, vous habituant
à toutes ces belles choses jusqu'à ce quelles
vous deviennent nécessaires .... Oh! Mary,
comment puis-je espérer avoir assez de mérite pour rappeller à votre souvenir, pendant trois longues années, les délices de
votre enfance ? comment me flatter que
vous veuilliez renoncer à la fortune, et
au luxe, pour partager avec moi le travail,
et une modique existence ? »

— « Cruel William ! dit Mary fondant
en larmes .... — Mais, s'écria William;
comment pourrais-je le désirer? comment
serais-je assez égoïste ... Cruel William!
répéta Mary.— Le ciel m'est témoin, reprit
William, que vous êtes injuste envers moi:
mon cœur se brise, lorsque je pense à tout

ce que vous abandonneriez pour l'amour
de moi, ou bien que je vous perdrai. »

« Eh bien, allez donc, dit Mary en pleurant, je vois comme vous serez si vous de-
venez riche, et vous pouvez le devenir,
vous épouserez miss Fluellin, et alors vous
m'oublierez. »

« Non, Mary, dit tristement William, je
ne vous oublierai jamais. » — « Ni moi,
jamais je ne pourrai vous oublier, reprit
Mary. »

Dites-moi, demanda William, lady Caroline connaît-elle notre amour ?

— « Certainement elle le connaît, répondit Mary. Pensez-vous que j'aie pu quiter
volontairement Lamamon sans vous voir ?»

Alors Mary raconta à William dans le plus
grand détail, toutes les circonstances de
sa séparation d'avec Éléonore, lui parla des
assurances de tendresse que lui avaient données sir James et lady Caroline, de leur
promesse d'indulgence sans bornes, dans laquelle Mary avait si facilement compris la

permission d'aimer toujours son cher William. « Je croyais ajouta-t-elle, qu'étant devenue encore plus riche que miss Fluellin, votre père ne mettrait plus d'obstacle à notre mariage, et que nous serions tous heureux. »

Elle lui peignit toute sa surprise, lorsqu'elle s'était trouvée instruite des véritables intentions de ses parens, par la conversation qu'elle avait entendue dans l'hôtellerie. Elle la lui répéta toute entière.

« Pensez-vous, ajouta-t-elle, que je puisse aimer des gens aussi perfides ? oh, non ! »

« Le lendemain j'étais entièrement changée : je restai triste et silencieuse. Ils continuèrent pendant quelque temps à se montrer bons et doux ; mais bientôt maman devint sévère. Alors elle plaça près de moi une gouvernante ; et maintenant, entr'elles deux, je suis grondée tout le long du jour. Si je parle de Lamamon, et me rappelle le bonheur dont j'y jouissais, je suis menacée d'être punie, et quelquefois

je suis enfermée dans ma chambre pour
plusieurs jours. Que peuvent-ils espérer
de tout cela? assurément ils ne prennent
pas le moyen de me faire oublier la douceur et la tendresse d'Éléonore et de Richard mes véritables parens, la bonté paternelle de M. Ellis et l'amour de mon cher
William. »

William ne pouvait retenir ses larmes
à la peinture des tourmens de Mary. « Au
moins avec moi, dit-il, vous seriez sûre
d'un cœur qui vous a toujours aimée, et
qui mourrait plutôt que de vous causer un
moment de chagrin. »

« — Mais que signifient pour moi toutes
les qualités de votre cœur, repartit Mary,
si vous n'osez vous fier au mien? — Oh!
je m'y confie, dit William; en la pressant
sur son sein; et dès ce moment je veux
croire que ni le temps ni les circonstances
n'affaibliront point votre amour. »

« — Que je sois sûre de votre confiance,
dit Mary; et je défie sir James et lady

Caroline, avec leurs querelles et leurs caresses, de me faire oublier William un
seul instant. »

« Mais c'est maintenant à votre tour.
Comment se fait-il, mon ami, que six grands
mois se soient écoulés depuis que j'ai quitté
Lamamon, et que ce soit la première fois
que j'entende parler de vous ? »

« Mon histoire est très-courte, reprit
William : je n'eus pas plutôt appris par
M. Ellis la triste nouvelle de votre départ
de Lamamon, que je résolus de quitter
l'Irlande tout de suite, malgré tous les
efforts de mon père pour m'en empêcher.
J'y fus pourtant retenu par quelques circonstances que je ne pouvais prévoir, et
auxquelles je fus forcé de céder. Aussitôt que je fus de retour à Lambeder,
je courus à la chère chaumière. Je croyais
mourir de douleur, en appercevant les lieux
où autrefois j'étais toujours sûr de vous
rouver, et où vous ne deviez plus revenir. Notre chère mère Éléonore fondit

en larmes, lorsqu'elle m'apperçut, et j'observai avec douleur combien elle était changée depuis que vous l'aviez quittée. Mes larmes se mêlèrent aux siennes, et nous fûmes long-temps sans pouvoir nous parler. Enfin elle me dit qu'elle n'avait pas eu de vos nouvelles depuis la première semaine d'après votre départ; mais qu'elle était sûre que ce n'était pas votre faute. Qu'elle avait répondu à votre lettre d'une manière très-réservée à ce qu'elle pensait; que cependant lady Caroline y avait trouvé à redire, et lui avait ordonné d'en écrire une autre, et de vous conseiller de ne plus vous occu-per de Lamamon, car il était convenable que vous nous oubliassiez tous. »

= « Ah ! s'écria Mary, cette cruelle lettre était de lady Caroline; mon cœur me l'avait dit; elle ressemblait bien plus à son langage qu'à celui de ma bonne mère. »

= « Elle était sûre, continua William, que cette lettre vous briserait le cœur;

et le sien était déchiré en l'écrivant. Je lui demandai avec impatience où vous étiez, étant résolu de vous voir quoiqu'il m'en pût arriver; mais elle ne put me donner aucun renseignement sur ce point. Elle me dit qu'elle avait eu ordre de vous adresser sa lettre à la campagne, qu'elle avait cependant des raisons de vous croire à la ville. »

« Je voulais partir tout de suite pour Londres; mais je n'étais pas encore mon maître, et M. Ellis me conseillait de rester. Il m'assurait que vous trouveriez enfin quelque moyen de nous donner de vos nouvelles. Dans ce même-temps tout fut employé pour m'engager à épouser miss Fluellin. Je n'ai pas besoin, ma chère Mary, d'ajouter que ce fut en vain. »

« J'allais chaque jour à la chaumière; mais je n'apprenais aucunes nouvelles. Enfin Éléonore me surprit en m'annonçant que ma sœur avait reçu une lettre de vous; que c'était à votre demande qu'elle était venue chez elle, et qu'elle avait promis de vous faire savoir qu'Éléonore se portait bien ; mais Jenny avait absolument refusé de dire où vous étiez. Mon père lui avait recommandé le secret le plus absolu. »

« Je retournai promptement à Lambeder où j'arrivai hors d'haleine. Je conjurai ma sœur de me dire où vous étiez ; mais je pleurai et menaçai inutilement ; un rocher n'aurait pas été plus dur ni plus inébranlable que le cœur de Jenny... Oh ! ma chère Mary, pourquoi vous affligerais-je par le détail des disputes habituelles de ma famille ? Il n'y avait pas de maux dont mon père ne me menaçât si je n'o-béissais bientôt à l'ordre de devenir l'époux de Déborath, et il n'y avait pas de maux que je ne fusse déterminé à supporter plutôt que d'obéir. »

« Pendant ces contestations j'atteignis mes vingt-un ans. Je devais choisir à cette époque entre l'abondance avec miss Fluellin et la pauvreté avec vous. Je n'étais pas

13 * *

assez ignorant pour supposer, plus que mon père, que si vous persistiez dans votre amour, vous pussiez me donner plus que votre chère personne ; mais c'était tout pour moi. Je conçus un nouvel espoir sur votre constance, de ce que vous aviez écrit à ma sœur. Je me consolai par l'idée que, dans tous les cas, nous ne pouvions pas être plus pauvres que si vous ne nous eussiez pas été si cruellement arrachée. Toutefois je n'hésitai point à rejeter l'alliance de miss Fluellin dans les termes les moins équivoques, abandonnant à-la-fois et la maison paternelle et toute espérance de fortune, si ce n'est celle que pourrait me procurer ma propre industrie.

« Je me mis à votre recherche, sans aucune lumière pour me guider : j'errai dans cette grande ville, prenant tous les renseignemens qui se présentaient à mon imagination, et parcourant sans cesse chaque rue où l'on m'avait dit qu'il était probable que je pourrais trouver une famille

semblable à celle que je dépeignais. Je ne
sais combien de temps mes inutiles recher-
ches auraient pu continuer, si je n'eusse
rencontré hier un domestique de M. Wynne.
Il me reconnut aussitôt, et s'informa de ce
qui m'avait amené dans cette ville. J'hési-
tais, et cherchais à ne pas faire mention
de votre nom. = Quoi! s'écria-t-il, êtes-
vous venu chercher vos anciennes amours?
C'est à présent une belle lady; je crois
que vous pouvez vous pendre, comme mon
maître est réellement prêt à le faire; car
ma sœur qui demeure chez lady Caroline
assure que sa jeune dame ne doit épouser
qu'un lord. = Mais où, m'écriai-je vivement, où demeure sir James Scabright?
= Ici, me dit-il, en me montrant la
maison; je sors en ce moment de chez
lui. »

= « Je le quittai promptement pour
venir m'informer de vous plus directement. = Où allez-vous, me dit-il? croyez-
moi, vous n'avez maintenant aucun espoir

de voir votre ancienne amie, ni même
d'être admis dans la maison. La famille
est justement à dîner ; si vous n'êtes pas
sûr que la jeune lady soit sa maîtresse,
(et je sais de bonne part qu'elle ne l'est
pas), le seul moyen que vous ayez pour
parvenir à la voir est de vous présenter
un matin, et de lui faire dire qu'une
personne demande à lui parler pour affaire.

« — Je trouvai qu'il avait raison, et
malgré tout ce qu'il m'en coûtait, je résolus
d'attendre jusqu'au lendemain matin. Il me
dit encore qu'il était inutile de chercher
à vous voir de bonne heure ; qu'il fallait
saisir comme le moment le plus favorable
le temps où lady Caroline serait sortie,
et il ajouta qu'elle sortait dans sa voiture
tous les matins. »

« Réglant ma conduite sur ces renseignemens, je m'établis au coin d'une rue
qui conduit à cette place. Bientôt je vis
la voiture de lady Caroline venir à la porte
de la maison, et après une heure d'attente

(laquelle m'en parut trois) je la vis arriver avec deux dames ; et après m'être convaincu que ni l'une ni l'autre n'était vous, je frappai à la porte, et mon heureux destin fut d'être admis près de vous. »

Mary fondait en larmes à la pensée de tout ce que William avait souffert et devait encore souffrir pour elle. « Mon cher William, lui dit-elle, comment reconnaîtrai-je tant de constance et de tendresse ? — Ah ! Mary, s'écria-t-il, vous ne voulez pas sans doute me reprocher le peu que je puis sacrifier, comparé à tout ce qu'il vous faut abandonner, si véritablement je suis aussi heureux que vous daignez m'en flatter ? — Je n'abandonne rien qu'une vie que je déteste ; et je crois bien que je la haïrais encore, quand même vous n'existeriez pas pour moi. Mais vous, vous renoncez à l'abondance pour vous réduire au seul fruit de vos propres travaux. »

« — Ne parlez point ainsi, s'écria William, si vous ne voulez pas m'affliger. » m'humilier. »

« Mais dites-moi maintenant, ma bien-
aimée, que résoudrons-nous? »

— « Il nous faut, reprit Mary, suivre
la marche que M. Ellis nous a tracée depuis
si long-temps : je ne serai jamais un fardeau
pour vous ou pour vos parens; je ne serai
pas une fugitive ; je ne veux rien faire que
je ne puisse toujours avouer, ni tenir une
conduite dont je doive rougir. L'amour et
la raison me disent également que je dois
être votre femme, et je la serai; mais sans
aucun déguisement, et à la face du monde
entier. »

« Vous avez attendu d'avoir vingt-un ans,
vous avez pensé qu'avant cette époque vous
n'aviez pas le droit de rompre avec votre
père pour commencer à travailler pour
vous-même; je veux avoir vingt-un ans avant
de réclamer le droit de choisir moi-même
le compagnon de ma vie. Je veux attendre
cette époque afin que mes actions puissent
être aussi légitimes que mes principes sont
purs, et mon amour sincère. »

William regardait Mary avec étonnement ; il ne l'avait jamais entendu parler
d'une manière si décidée, ni s'exprimer
avec tant d'énergie. Elle pénétra sa pensée.
— « Ah , William ! dit-elle , je vois votre
surprise; vous n'attendiez pas de moi autant
de réflexions et de fermeté ; mais j'ai été
très-affectée depuis que je ne vous ai vu ,
et je me suis trouvée sans une seule personne à qui je pusse demander avis. L'affliction nous fait réfléchir , et n'ayant personne sur qui nous reposer , nous sentons
nos propres forces. J'ai raisonné sur tout
ce que je dois faire , et je crois que je dois
être votre femme , et prendre également
soin de ne pas le devenir d'une manière
précipitée ou inconvenante. »

— « Vous devez être ma femme , répéta
William ! est-ce donc seulement une affaire
de devoir , Mary ?— Avez-vous besoin , mon
cher William , que je vous répète sans cesse
combien je vous aime ? — Encore et encore
mille fois , dit William ; vous ne pouvez

13 ***

me le dire assez souvent, ni vous étonner
de ce que je vous demande l'assurance
répétée d'un bonheur si fort au-dessus
de mes espérances. == Eh bien ! tâchez donc
d'avoir plus de confiance dans ma tendresse, dit Mary; car je ne peux pas être
sans appui pour moi-même. »

« Mais, dit William, vous parlez de
vingt-un ans; hélas ! que ferons-nous de
ces trois longues et terribles années ? ==
C'est un temps d'épreuve, reprit Mary, qu'il
nous faut supporter avec courage. N'est-
ce pas le temps aussi pendant lequel vous
pourrez vous pourvoir d'un asile, le temps
pendant lequel je cultiverai toutes les connaissances qui peuvent nous être utiles dans
l'avenir ? Retournez, mon cher William,
dans le pays de Galles; consultez M. Ellis;
avec ses avis et son secours, je ne doute
pas que dans l'espace de trois ans vous ne
puissiez vous pourvoir d'une petite chaumière. Qu'elle soit, s'il est possible, près
de Lamamon: alors, revenez, demandez-

moi, et vous me trouverez prête à vous suivre ; je vous en donne ma parole. »

William dans son transport l'embrassa en la pressant sur son cœur, et lui dit : « ma chère Mary, vous me montrez, il est vrai, un ciel ouvert en perspective ; mais qui suis-je pour l'espérer ? pensez-vous que je puisse vivre trois ans sans aucune communication avec vous, sans être assuré de temps en temps de la continuation de votre tendresse pour moi ? » = « Fut-il jamais un tel incrédule, s'écria Mary ? Je ne vous demande qu'autant de confiance en moi que j'en ai moi-même en vous. = Mais que ferez-vous, dit William ? = Tout ce qui sera en mon pouvoir, reprit Mary, et avec un amour aussi tendre, avec une aussi ferme volonté de n'être jamais qu'à vous, je ne puis croire que nous ne parvenions un jour à être heureux. = Mais ici, dit William, vous êtes surveillée et gardée ; toutes vos lettres sont interceptées ; vous êtes entourée d'es-

pions; vous n'avez pas une amie près de
vous. Dans une semblable position que
pouvez-vous faire, et à quoi peut servir
votre bonne volonté ? »

Mary baissa les yeux d'un air pensif, et
dit, je dédaignerais de corrompre aucun
domestique si j'avais les moyens de le faire.
Je suis convaincue que j'ai été trahie par
cette fille au regard hypocrite, qui me sert
avec un si profond respect, je n'ai pas de
doute qu'elle ne portât à Milady toutes les
lettres que je lui donnais à mettre à la
poste. — Ne connaissez-vous pas la servante,
demanda William ? — Très-peu; seulement
j'ai pensé une ou deux fois qu'elle avait
pitié de moi, lorsque lady Caroline ou ma
gouvernante me tourmentait ; et elle est
toujours très-empressée à m'offrir ses services. Mais pourquoi vous fixez-vous sur
elle ? — Elle est sœur du domestique de
M. Wynne de qui je vous ai parlé, dit
William ; elle est galloise aussi, et je ne
doute pas qu'elle ne voulût nous favoriser

de tout son cœur. = Je hais le mystère, dit Mary, et lorsque je ne fais rien dont je doive être honteuse, pourquoi voudrai-je en agir ainsi ? = S'il était en votre pouvoir d'agir ouvertement, dit William, je ne voudrais pas vous solliciter de faire autrement : mais hélas ! il faut vous déterminer à une correspondance secrète, ou il ne peut en exister aucune entre nous. »

Mary réfléchit ; elle hésita, à la fin elle dit : « si vous pouvez me ménager ce moyen, j'y consens : vous m'instruirez de temps en temps de votre situation, de vos espérances, et je prendrai soin de vous faire connaître toutes les choses qui me concerneront et qu'il sera utile que vous sachiez. = Mais il est nécessaire que je puisse savoir tout ce que vous faites, dit William. = Vous savez, mon bien-aimé, que je partage tous les sentimens de votre cœur, mais nous ne devons maintenant considérer que notre utilité : notre bonheur est à venir. Écoutez, ajouta-t-elle, malgré

tout ce qu'il nous en coûte il faut nous
séparer : j'entends M. Blanché frapper à la
porte , et j'attends à chaque instant le retour de lady Caroline et de ma gouvernante. Adieu, adieu !..... ═ Adieu, dit
William en la pressant sur son sein ! que
le ciel vous donne la force de faire tout
ce que vous promettez ! »

« N'en doutez pas , dit Mary en s'éloi-
gnant de William, pendant qu'on annon-
çait le maître à danser. »

« Bonjour, Monsieur, dit-elle au maître
en lui faisant une révérence. Puis, se tournant du côté de William, et lui parlant
en gallois, elle lui réitéra ses adieux et ses
vœux pour sa mère , le respectable pasteur
et le bon Richard. »

~~~~~~~~~~~~~~~~~~~~~~~~~~~~~~~~~~~~~

CHAPITRE XX.

Les différentes émotions dont cette visite inespérée avait rempli le cœur de Mary la rendirent tout-à-fait incapable d'écouter un mot de ce que lui disait M. Blanché : elle ne pouvait faire un pas.

« Mon Dieu, Mademoiselle, dit le maître à danser ! == Mon Dieu, Monsieur, il m'est véritablement impossible de danser ce matin. Vous me feriez le plus grand plaisir, si vous vouliez remettre votre leçon à un autre moment. »

Le complaisant maître prit congé et se retira ; mais il rencontra lady Caroline sur l'escalier : elle lui demanda comment sa fille avait dansé ce matin ? Monsieur répondit par un haussement d'épaules : « elle a été négligente, dit lady Caroline. == Point du tout, répliqua M. Blanché : mais un

jeune homme qui était avec Mademoiselle
semblait avoir troublé toutes ses idées.
— Un jeune homme ! répéta lady Caroline, en se précipitant dans l'appartement
où était Mary. — Qui, s'écria-t-elle en
entrant, qui a été avec vous pendant mon
absence ? — Villiam , répondit Mary
avec calme. — William ! s'écria lady Ca-
róline. — Où est Bordmann? Où est Hatton ? Qu'elles sortent dès cet instant ; elles
ne respireront pas un moment de plus dans
la maison , et pour vous....... — Je suis
seule blâmable, dit Mary , ni mistriss
Bordmann , ni mistriss Hatton n'ont rien
à faire dans tout cela. » — Qui l'a fait entrer ? qui l'a introduit ? — le domestique
l'a fait entrer et je l'ai introduit moi-
même. Audacieuse ! s'écria lady Caroline en la frappant. — Je peux supporter
plus que cela pour l'amour de William,
dit Mary en sortant de la chambre. »

Lady Caroline la suivit avec emportement; mais Madame de Merville arrivant

áù haut de l'escalier, se mit entr'elles,
et pria lady Caroline de considérer ce
qu'elle allait faire. Mary se retira dans
sa chambre où un torrent de larmes sou-
lagea son cœur gonflé par tant d'agitations
contraires.

L'emportement de lady Caroline, et
l'orage qu'il avait élevé dans toute la maison étaient à peine appaisés, lorsque sir
James rentra à l'heure de la toilette,
après ses courses du matin.

« Mainteant, maintenant, s'écria lady
Caroline sitôt qu'elle l'apperçut; l'heure
de la sévérité est sûrement arrivée: ce
fermier, ce manant, ce William Challoner
est venu ici; il est entré dans cette maison, il a été admis près de celle qui désho-
nore notre sang; ils ont été plus de deux
heures en tête à tête, et elle a osé me
dire qu'il n'y avait rien qu'elle ne fût
déterminée à souffrir pour l'amour de
lui. Quelle punition peut égaler une telle
dépravation ? »

Cette nouvelle causa à sir James un
très-vif chagrin. Il connaissait le cœur humain. Il jugea bien qu'une telle entrevue
ferait plus pour affermir Mary dans ses
sentimens, que tout ce qu'il pourrait imaginer pendant six mois, pour les ébranler.

« — Comment diable, s'écria-t-il avec
humeur, cela a-t-il pu arriver ? — Par les
soins et la hardiesse de ce paysan, qu'il était
impossible de prévoir. Lorsqu'il a osé venir
demander Mary, cet étourdi de George,
(et pour cette raison je l'ai chassé sur-le-
champ), au lieu de prévenir Bordman,
est allé avertir cette indigne fille elle-même,
qui sans aucune considération pour les
convenances, a volé au bas de l'escalier,
et l'a introduit dans l'appartement. Vous
imaginez bien comme je l'ai traitée ! mais
il faut songer à présent aux moyens que
l'on peut employer pour rendre impossible à l'avenir une abomination semblable. »

« — Il est nécessaire, reprit sir James,
que je prenne avec elle un ton différent

de celui que j'ai pris jusqu'ici. Mais encore
n'est-ce pas le moment d'employer la sévérité ; au contraire il nous faut paraître plus
indulgens que jamais. »

« Elle a été long-temps traitée absolument comme un enfant, et tourmentée par
des maîtres du matin au soir ; elle a été
flattée ou grondée comme une petite fille,
selon qu'elle s'est montrée attentive ou négligente dans ses exercices. Ce traitement pour
une jeune personne qui se croit en état de
se gouverner elle-même, et qui a un amant
pour écouter ses plaintes, doit lui paraître
révoltant. Vous pouvez vous rappeler combien vous fûtes vous-même irritée d'une
semblable conduite que l'on tînt à votre
égard. »

« Il nous y faut renoncer, et traiter
Mary comme elle se juge elle-même. Jettons-
la dans le monde ; elle a à peine connu
les amusemens ; essayons de l'enchanter
par le plaisir et par les flatteries des hommes
que sa beauté attirera près d'elle, aussitôt

qu'elle paraîtra; et je ne puis douter que
lorsqu'elle aura l'occasion de comparer les
qualités de son rustique amant avec les
manières agréables des gens de qualité,
son cœur ne fasse le choix que nous désirons : il est impossible qu'il puisse en être
autrement, si par une imprudente sévérité
nous ne la forçons pas nous-mêmes de
contracter avec ce William des engagemens tels que son orgueil ne lui permette
plus ensuite de les rompre. »

— « Mais elle est si rustique elle-même
que je rougirais de honte en l'introduisant
dans la société ; je me flattais de l'espoir
de la rendre un peu plus tolérable avant
de la conduire dans le monde. »

— « Vos préjugés vous trompent, répliqua sir James ; vous ne voyez aucun
attrait dans des manières qui diffèrent des
vôtres. A mes yeux et aux yeux de tous
ceux qui voyent Mary, (je parle sur-tout
des hommes), je suis sûr qu'il y a un charme
inexprimable dans tout ce qu'elle fait : il

n'y a pas de jour que je ne sois importuné par les éloges que l'on me fait de ma jolie fille, et par les reproches de ne pas la laisser voir davantage. »

— « Je crois que tout le monde, excepté vous, sir James, donnerait la préférence due aux manières auxquelles je désirerais former Mary ; mais toutes mes peines et mes soins sont regardés par vous avec votre gratitude ordinaire; ainsi, suivez votre méthode avec votre fille, et perdez-la par votre foiblesse. Si j'étais la maîtresse, elle vivrait de pain et d'eau jusqu'à ce qu'elle eût renoncé à ce William et donné la main à celui que nous choisirons pour elle. »

— « Nous n'avons pas encore fait ce choix, dit vivement sir James. Lorsque nous l'aurons fait, vous me trouverez prêt à concourir avec vous de bon cœur par tous les moyens possibles à la forcer de se soumettre à notre volonté : si la sévérité est alors nécessaire, vous me trouverez aussi exempt de compassion et de foiblesse que vous-même. Je veux maintenant aller près d'elle, et la traiter avec plus ou moins de sévérité suivant la manière dont elle accueillera mes remontrances. »

« — Rien n'y fera que la plus grande rigueur ! dans quelque temps, mais probablement trop tard, vous en serez convaincu. »

Sir James alla dans l'appartement de Mary, où il la trouva lisant tranquillement : il ne put découvrir aucune trace d'emportement ou de honte dans sa contenance. Elle ne rougit pas lorsqu'elle l'apperçut, et ne parut nullement disposée à prévenir la colère à laquelle Mary devait naturellement s'attendre. Elle se leva avec sa modestie et sa grâce ordinaire, et lui offrit son siége.

« Asseyez-vous, lui dit-il doucement, je prendrai cette chaise. » Après une courte pause, comme s'il eût attendu qu'elle prît la parole, il ajouta : « n'êtes-vous pas surprise de cette visite, Mary ? — Je ne

peux , reprit-elle , en ignorer entièrement
la cause. == Et n'êtes-vous pas , s'écria-t-il,
n'êtes-vous pas honteuse de me voir ? ».
== « Je ne pense pas que je doive l'être,
répliqua Mary. »

« == Quoi ! après toute mon indulgence
pour vous, après les excuses que je fus si
prompt à trouver pour pallier votre dernière imprudence , braver si hardiment et
si ouvertement la volonté de lady Caroline
et la mienne qui vous sont bien connues !
et vous ne rougissez pas de fouler ainsi
aux pieds la modestie de votre sexe ? »
« == Oublier la modestie de mon sexe !
dit Mary...... == Vous ne connoissez
pas , continua sir James , sans faire attention à son exclamation, vous ne connoissez
pas tous les sentimens d'un père, malgré
l'énormité de vos offenses , vous ne supposez pas que tendresse et amour pour vous
sont encore les seuls sentimens qui do-
minent dans mon cœur : vous n'imaginez
pas combien je souhaite pouvoir imputer

tout ce qui s'est passé aux erreurs de votre
première éducation, et combien je désire
pouvoir espérer de l'avenir. »

« De vous, mon enfant, dépend le plus
grand bonheur de ma vie, celui de lady
Caroline, et l'honneur de votre famille.
Croyez-vous que je puisse supporter l'idée
que vous négligiez ces importantes raisons,
et que vous renonciez au soin de votre
propre réputation, pour satisfaire les premières rêveries de votre enfance, dont
vous serez, dans quelques années, la première à reconnaître la folie. »

Mary gardait le silence. Quoiqu'elle n'eût
aucun scrupule de faire l'aveu de ses sentimens en présence de lady Caroline en
colère, elle sentait de la répugnance
à faire valoir les raisons qui pouvaient
militer en sa faveur, contre le calme et
la sincère cordialité qui semblaient faire
agir sir James.

« Non, continua celui-ci, je ne puis le
supposer ; mais je suis plutôt tenté de

croire que les préjugés et les fausses idées, dont vous avez été bercée jusqu'à présent, vous portent naturellement à ne voir autre chose dans l'opposition que nous mettons au penchant de votre affection, que l'insatiable demande de l'avarice et de l'ambition ; et vous avez été instruite (très-convenablement, j'en conviens) à considérer ces penchans comme les erreurs du cœur qui doivent être domptées. »

« Mais dans ce cas-là, votre opinion est elle-même une erreur : l'humilité et le désintéressement sont des vertus ; mais ce ne sont pas les seules vertus. Nous devons considérer l'ordre de la société dans laquelle nous vivons ; nous devons encore plus aux intérêts de la famille dont nous faisons partie ; et notre devoir consiste à prendre également, soin de ne choquer ni l'un ni l'autre. »

« Rien dans ce moment ne vous paraît peut-être plus facile et plus juste que de voir lady Caroline et moi consentir à votre

union avec ce jeune homme, mettre ainsi
fin à toute dispute et rendre tout le monde
heureux. Mais dans un an, vous trouverez
que la chose était également impossible et
inconvenante ; et qu'en agissant ainsi, nous
attirerons sur nous-mêmes la censure bien
fondée de toutes les personnes de bon sens;
et que loin d'avancer votre bonheur et celui
de votre amant, nous exposerions vous et
votre postérité à l'infortune et à la honte
qui sont infailliblement la suite d'une union
si disproportionnée et si mal assortie. »

« Nous voyons à présent comme vous
verrez un jour, et notre devoir le plus
sacré est de prévenir un malheur qui
compromettrait également votre honneur
et la paix de votre vie. »

Le cœur de Mary sentit une émotion
qu'elle n'avait jamais éprouvée ; jusqu'alors
elle n'avait pas eu le moindre doute que
son inclination ne fût d'accord avec son
devoir.

Le sophisme de sir James l'ébranla, et

lui suggéra qu'elle pouvait avoir tort : elle
changea de couleur ; et ses yeux pleins de
larmes prouvèrent à sir James qu'elle n'a-
vait pas l'âme faite pour persister dans
l'erreur. Il profita de son avantage , et
poursuivit ainsi :

« Il serait facile de prévenir ce mal par
des moyens sévères et durs ; mais mon
cœur déteste une telle pensée. Hélas ! ma
chère enfant , moi-même en voulant votre
bonheur , je ne puis avoir le courage de
l'assurer à ce prix. Je suis votre père ,
Mary ! »

« Mais répugnant , comme vous avez
toujours paru le faire , à rien accorder aux
relations de famille , votre malheureux
père , qui par une cruelle nécessité a été
séparé de vous dans votre enfance , revient
après une absence de plusieurs années ,
et a la douleur de ne pas trouver dans
le cœur de sa fille des affections que la
nature n'y avait placées que pour lui. »

═ «Vous les avez données à des étrangers

14**

ces affections, tandis que les miennes pour
vous sont aussi paternelles et aussi vives
que si je ne vous avais jamais quittée.
Dans de semblables circonstances, il serait
inutile de vous conjurer par l'amour filial ;
vous ne connaissez pas un tel pouvoir. »

« — Oh ! s'écria Mary se jettant à ses
genoux, ne parlez pas ainsi : si je puis
vous aimer, ah ! si je peux espérer que
vous soyez un père pour moi, combien
je vous chérirai, combien de respects
vous me trouverez prête à vous rendre ! »

« Avec quel transport s'écria sir James
en l'embrassant, vous serrai-je maintenant
sur mon cœur ! oui, je suis véritablement
votre père, et à présent, je peux me
promettre que vous remplirez tous mes
vœux. »

« — Tout ce que je pourrai, répliqua
Mary, comprenant à l'instant tout le sens
que ces mots pouvaient renfermer ; je ne
serai jamais contre mon père ; mais vous
avez bien raison de dire que je n'accor-

derai rien à des arrangemens d'ambition et de fortune. »

— « Vous pourrez faire tout ce que je demande de vous, répliqua sir James; promettez-moi que vous romprez toute correspondance avec ce jeune homme *pendant un an*. Prenez ce temps pour réfléchir; considérez ce qui vous entoure, et à cette époque vous déciderez vous-même. »

« Rien, s'écria Mary bien aise d'une semblable occasion d'examiner à loisir les scrupules qui s'étaient nouvellement élevés dans son âme, rien ne peut être plus raisonnable. Si je ne pense pas à la fin de l'année comme je pense à présent, je ne suis pas digne de William, et je ne dois pas être à lui. »

« Si vous le faites, répliqua sir James, je renonce à toute autre considération, et je fais de lui votre époux. — Mon père, s'écria-t-elle, oh ! maintenant vous êtes véritablement mon père. »

Il l'embrassa , mais avec une froideur qui répondit mal aux transports que Mary sentait en ce moment pour lui.

« Comment serai-je assuré, dit sir James, que vous garderez religieusement votre promesse ? »

« ═ N'ai-je pas donné ma parole, reprit Mary ! mais vous aurez une double, je ne veux pas dire une meilleure sûreté : j'écrirai à William, je lui apprendrai les engagemens que j'ai contractés ; et vous, mon cher père, vous verrez ma lettre. »

Tant de franchise et d'ingénuité ne put que convaincre sir James de la sincérité de Mary , quoiqu'intérieurement il se sentit lui-même humilié de sa propre dissimulation.

« Voyons cette épître extraordinaire , dit-il : ce jeune homme ne pense guères que peu d'heures après son départ, je lirai la première lettre que vous lui écrirez. »

« ═ Il pense encore moins , reprit Mary, que je lui écrive sitôt ; une aussi prompte correspondance n'entrait pas dans nos projets : je n'avais d'ailleurs aucun moyen certain de lui faire parvenir ma lettre. »

« — Voyons, dit sir James, comment vous lui écrirez. »

Mary écrivit ce qui suit :

« J'avais promis de vous informer des
» choses qui pourraient arriver dans ma
» situation. Un changement important y est
» survenu ; je dois vous l'apprendre.

» Il dépend de moi, de moi seule,
» que nous passions notre vie ensemble :
» Cependant ne soyez pas orgueilleux : je
» ne réitère aucune promesse, je ne ré-
» pète aucun vœu. Je me suis au contraire
» engagée à suspendre toute communication
» avec vous *pendant un an* ; je dois passer
» ce temps à m'assurer par moi-même de
» mes propres inclinations, et si je puis
» les suivre convenablement. A cette épo-
» que, je deviendrai votre femme, *avec*
» *le consentement de mes parens*, ou bien
» je renoncerai à vous pour jamais.

» Si je vous disais maintenant ce que

» mes sentimens seront alors ; ce serait
» faire réellement un choix, que j'ai promis
» de suspendre, et je ne veux rien faire
» contre cette promesse. Si cette hésitation
» apparente vous semble violer les enga-
» gemens qui existent déjà entre nous, res-
» souvenez-vous que nous les avons con-
» tractés dans un temps où je croyais ne
» dépendre que de ceux qui me permet-
» taient de les former.

« Rappelez-vous aussi que si ma nouvelle
» situation n'a point anéanti mes anciens
» devoirs, elle m'en a au moins imposé
» de nouveaux. Un des plus certains est
» le respect que je dois à la volonté de
» mes véritables parens, respect qui n'est
» point incompatible avec les droits que
» les autres ont sur moi.

» Rappelez-vous encore que la récom-
» pense du sacrifice qui m'est à présent
» demandé doit être un *libre choix* après
» le court espace d'un an , seulement le
» tiers du temps que j'avais moi-même
» déterminé.

» Lorsque vous aurez fait ces réflexions,
» vous reconnaîtrez qu'il n'est rien de plus
» raisonnable que de donner mon consen-
» tement à ce qui m'est demandé, ni rien
» de plus indulgent que la condition qui
» y est jointe.

» Je me repose avec trop d'assurance
» sur l'honnêteté de vos principes pour
» craindre que vous vous efforciez de me
» faire rompre les engagemens que j'ai
» pris, et vous devez avoir une trop grande
» confiance en moi pour en craindre les
» conséquences. »

Sir James lut cette lettre ; il ne put
s'empêcher d'être frappé de la bonne foi
et de la candeur dont elle était empreinte.
Il ne put y trouver rien à désapprouver,
si ce n'est la conclusion. « N'est-ce pas
une promesse que vous ne changerez pas
de sentimens ? »

= « Certainement non, repartit Mary
fort aise d'entrer dans une explication plus
étendue sur ce sujet : c'est seulement un

retour sur mes sentimens connus ; sans
cela , William pourrait croire que j'en ai
déjà changé. »

« — Mais cela ne renferme-t-il pas, dit
sir James, l'aveu que vous ne pouvez changer sans manquer à votre caractère ? »

« — Assurément , reprit Mary. Oh mon
père! y a-t-il une chose qui puisse être
plus vraie que celle-là ? »

« — Quoi donc, s'écria sir James ! que
prétendez-vous exprimer par la promesse
que vous me faites ?»

« — Ce que cette promesse exprime,
dit Mary ; c'est la renonciation à toute
correspondance avec William pendant un
an, et l'engagement que, pendant ce temps,
je ferai le meilleur usage de ma raison
pour me déterminer sur le choix que je
dois faire à la fin de cette année. »

« — Mais vous avez déjà décidé, dit sir
James. »

« Oh non , reprit Mary: ce qui est juse
et droit, il est vrai, je le crois déjà décidé

pour moi ; mais qui dira que dans l'espace d'un an je croirai droit et juste ce qui me paraît tel aujourd'hui ? Vous me dites mon cher père , que le temps viendra où je serai la première à voir et à condamner la folie de mes idées actuelles ; que par la suite j'appercevrai ce que vous voyez maintenant. Je veux en faire l'épreuve ; et si véritablement le temps pouvait ainsi corrompre mes principes, mon union avec le pauvre William serait, comme vous le dites , peu de chose pour son bonheur , et je serais aussi disposée que vous à y renoncer. »

« ═ Considérez-vous à qui vous faites allusion en parlant ainsi, dit sir James? »

« ═ Je ne prétends faire allusion à personne , reprit Mary. Je pense que j'avais un chemin droit, ouvert devant moi; mais vous me montrez une route très-difficile que je n'avais nullement apperçue. Vous parlez de l'ordre de la société, des intérêts de ma famille ; hélas ! ce sont des

choses que je ne comprends pas. Comment
mon établissement peut-il être utile à ma
famille, qui déjà est beaucoup plus riche
qu'il n'est nécessaire au bonheur? Comment les intérêts peuvent-ils souffrir par
mon mariage? Comment l'ordre de la
société pourrait-il être troublé, parce
que je deviendrais la femme d'un jeune
homme aussi aimable qu'estimable, qui a
été le compagnon et l'ami de mon enfance,
et qui a sacrifié pour l'amour de moi
tout espoir de fortune? »

— « Fut-il jamais un tel raisonnement,
repartit sir James? dites-moi, mon enfant,
où avez-vous appris une semblable logique? »

— « Je ne sais, répondit Mary en rougissant, ce que c'est que la *logique*; mais
mon bon M. Ellis a pris la peine de m'enseigner ce que c'est que justice et générosité. »

Le diable l'emporte pour sa peine, pensa
sir James: mais voyant combien il aurait peu

d'avantage à faire connaître ses sentimens, il jugea qu'il valait mieux tenir à son plan de gagner ou de séduire le cœur de Mary, et répliqua seulement : « il vous donna cette partialité pour ses prétendues vertus su-blimes, le temps vous éclairera sur ce point et sur plusieurs autres. Vous saurez que justice et générosité sont dues premiè-rement aux auteurs de vos jours, et que ce n'est qu'après que vous aurez entière-ment rempli les obligations que vous impo-sent les droits qu'ils ont sur vous, que vous pourrez ensuite vous occuper des droits des autres. Mais, à ce que je vois, vous ne me comprenez pas davantage. Don-nez-moi votre lettre ; comment est-elle adressée ? »

― « Pardonnez-moi , dit Mary, je ne peux manquer de confiance en vous, mon cher père : vous avez toujours été si sin-cère et si tendre avec moi, mais......

― « Mais..... qu'est-ce, dit sir James ? »

― « J'ai écrit des lettres, j'en ai envoyé

plusieurs qui n'ont pas été fidèlement remises. »

« = Vous ne devez vous étonner d'aucuns
des effets du vif intérêt que lady Caroline
prend à votre bonheur, ni de sa sollicitude
pour que vous ne fassiez rien que de
convenable : mais pour vous ôter tout
soupçon que j'aie aucun dessein de supprimer ou d'altérer votre lettre, vous me
verrez la remettre cachetée dans les mains
de Wroughton, et m'entendrez lui donner
l'ordre de la mettre à la poste. »

« = Oh ! non, dit Mary, votre parole
« suffit : voici la lettre, mon cher père. »

C'était véritablement l'intention de sir
James. La lettre n'était pas exactement
ce qu'il désirait ; mais il comptait si peu
sur aucun autre changement que celui
que le temps pourrait faire dans les sentimens de Mary, qu'il n'espérait rien de
plus par la suspension de toute correspondance entre les deux amans.

Tout ce qu'il voulait obtenir était de

gagner du temps pour amener à maturité son plan de séduction ou de sévérité selon que les circonstances pourraient le rendre nécessaire. D'ailleurs sir James ne pouvait douter que Mary ne devînt bientôt sensible aux hommages de quelque jeune et aimable lord, que sa beauté et sa fortune ne manqueraient pas de rendre empressé à la rechercher.

La lettre fut donc envoyée sans aucun changement ; et sir James s'étant hâté de reconcilier encore lady Caroline et Mary, celle-ci, dès cette époque, fut introduite dans le grand monde, et jetée dans une suite non interrompue des plaisirs les plus brillans.

FIN DU TOME PREMIER.